世界大师童书典藏馆

小洪扎在乡下姥姥家

韦 苇 主编

[捷克] 包·日哈/著 韦 苇/译

中原出版传媒集团
中原传媒股份公司

🐦 海燕出版社

图书在版编目（CIP）数据

小洪扎在乡下姥姥家 ／（捷克）包·日哈著；韦苇
译 . — 郑州：海燕出版社，2018.1
（世界大师童书典藏馆／韦苇主编）
ISBN 978-7-5350-7453-9

Ⅰ . ①小… Ⅱ . ①包… ②韦… Ⅲ . ①儿童文学－
长篇小说－捷克－现代 Ⅳ . ① I524.84

中国版本图书馆 CIP 数据核字（2017）第 303222 号

出版发行：海燕出版社
　　　　　地址：郑州市北林路 16 号
　　　　　邮编：450008
　　　　　电话：0371-65734522
经　　销：河南省新华书店
印　　刷：郑州市毛庄印刷厂
开　　本：16 开（700 毫米 ×1000 毫米）
印　　张：11.5 印张
字　　数：230 千字
版　　次：2018 年 1 月第 1 版
印　　次：2018 年 1 月第 1 次印刷
定　　价：26.00 元

本书如有印装质量问题，由承印厂负责调换。

读典藏，让自己浸浴在书香里

韦　苇

我们怀抱着将世界上最好的文学童书播扬到孩子们中间去的共同心愿，和海燕出版社联手，把我国少年儿童最值得阅读、最值得收藏的名篇佳作翻译出来、编印出来，让孩子们阅读、欣赏这些好书，使自己的精神营养得到补充和丰富。我们做这一切的时候，自始至终浸浴在书香中，我们的努力所体现的是一种传递书香的真诚。

好书不嫌多，多多益善。好书不嫌丰富，富富益善。我们已经拥有的世界文学童书或多半是翻译家们从美国和西欧优秀的童书中挑选来的，当然，它们都很好，我们的这套丛书里也应该包括西方世界典范的儿童文学作品，但有一点也是非常明白的，就是：优秀的儿童文学作品并不都是用英语写成的。我们的视野从已有的文学童书领域宕开去，扩开去，譬如说，我们往北欧看过去，我们看到那里也不单有林格伦和杨松作为20世纪儿童文学的北斗，高悬于世界儿童文学的星空，那里还是个儿童文学群峰林立的所在；譬如说，我们往俄罗斯、往中东欧看过去，那里的儿童文学用不同于西方的笔墨，用自己的幽默和谐趣来表达着别样的情感和思想，从他们的人生观和价值观里，

我们感觉到世界虽然很大，但人性的基本面和精神追求却大体是相同的。我们读来自不同地域的作品，一样会引起我们的共鸣。

好书只是来陪伴我们，而不需要我们来尽什么义务和责任。

我们不是为了履行谁的使命，来向年轻的朋友推介出自大师之手的作品，我们只是挑选他们有使命感的作品，把小读者吸引到丰美的阅读盛宴中来。所以我们的选择标准只有八个字"超越时空，值得典藏"。有的是因为作品的人物和故事而使作品具有了超越时空的力量，有的是因为作家趣味绝伦的语言而具有了超越时空的力量，有的是因为字里行间的智慧和幽默具有了超越时空的力量。一本书能够超越时空，就一定能够同不同时空中的人建立起个人的感情联系，触动不同时空中的人的心弦——尽管，有时超越的力量可能不是来自整部作品，而只是作品中某个或某些章节，甚至某个或某几个细节描写。要知道，能够给不同时空中的孩子带来温暖、美的阅读享受，用优美的富于童趣的诗意语言告诉孩子人性所有的美好——善良、诚实、宽容、勇敢、爱……是很不容易的，所以凡是具有超越时空力量的作品我们都要推介，不论它们来自世界的哪个角落。

说教，在家庭里、在学校里，已经够多了，让我们换一种同样有意义的方式，不是被动而是主动接受的方式，接受我们的文学童书推介，以获得情感的体验和艺术的熏陶，从而规范自己的人生之路，让自己的生命有一个足够的深度和厚度。

2014 年 10 月 23 日于浙江师范大学丽泽湖畔

包·日哈简介

　　包·日哈的祖父是个园艺工人，父亲是个铁匠。教育学院毕业后，包·日哈在乡村任教。后来长年任国家儿童读物出版社的总编。第二次世界大战中开始儿童文学创作，1941年出版了童话集。但包·日哈不只是儿童文学作家，他把儿童文学看作是文学的一个有机组成部分。被认为战后捷克儿童文学奠基作品的是《小洪扎在乡下姥姥家》，反映当代儿童生活的还有《亚当和奥特卡》《小不点儿》等，幻想性作品有《"雨燕"号飞机》，童话作品有《三个硬币》《平格大夫》等，历史题材作品有《野马雷恩》，知识读物有《儿童百科全书》等。1980年国际少年儿童图书协会在布拉格召开的第17届代表会上，授予他"国际安徒生儿童文学作家奖"，以表彰他对世界儿童文学所作出的杰出贡献。他是这项奖在东欧诸国中的第一位得主。

目　录

小洪扎在乡下姥姥家

姥姥来信

妈妈靠窗口站着,正读乡下姥姥写来的一封信。姥姥的信上写道:"你们让小洪扎来看看我们。我和他姥爷可太想他了。他多久没来乡下啦!李子果都开始软了,苹果也熟了。我们的果子没人吃。朋吉雅天天在小洪扎玩过的院子里、在他玩过的村道上嗅呀嗅呀。猫也蹲在墙头上,天天朝着小洪扎离开的那条路上张望。它们盼小洪扎呢!你们让小洪扎来我们这里住些日子吧!"

妈妈笑吟吟地扭头看自己五岁的小洪扎。小洪扎坐在地板上搭积木。小家伙身体倒是够结实,脸蛋红扑扑的,头发朝四面支开,裤腰像绷在鼓上似的绑在他肚子上。

"洪扎,"妈妈扭头对儿子说,"姥姥来信说,她念叨你呢,让你去孔尼克韦茨村住些日子。"

"姥姥?"小洪扎兴奋得尖声大

叫起来，从地上跳起来，走到妈妈身边，从妈妈手里接过姥姥的信。他很想自己读读姥姥的信是怎么写的。

"朋吉雅天天在村道上嗅着找寻你的足迹呢，猫都等得不耐烦了。"妈妈说着把信递给了儿子。

"朋吉雅？！哪里写着朋吉雅？"小洪扎寻找着狗朋友的名字，可他找了半天也没能在纸上找到卷毛狗的身影。

"这里呢，这里写着'朋吉雅'。"妈妈指给儿子看信上写着"朋吉雅"的地方。

洪扎不喜欢认字。那字根本就不像朋吉雅的样子。

"猫呢？猫也在这里吗？"洪扎追问妈妈。

猫那亮亮的眼睛，也许他能看出来！可是没有！小洪扎在姥姥写来的信里没找到姥姥家那黑猫的亮眼。洪扎感到很失望。

"姥爷那猫，像一大团黑炭。"如果信里有猫，小洪扎一眼就能看出来。"它肚子圆圆的，简直不是一只猫，是一只大金龟子！姥爷的猫，我太喜欢啦！"

"你呀，我的小洪扎！"洪扎的妈妈笑起来，伸过双手要去抱小洪扎，"哎，你还不会读姥姥的信哩！"

"妈妈，我已经不小了。"洪扎毫不犹豫地对妈妈说，不让妈妈抱他。

洪扎马上去把出门时穿的外衣找出来，想穿上就马上到姥姥家去。他坐进火车就能到姥姥家。这会儿立刻就动身，他急得一小会儿也不能耽搁了！

　　"洪扎，"妈妈正儿八经地对儿子说，"你想着你自己已经是大人了，可以一个人到姥姥家，说去就去了？你不知道，我们牛奶场里还有许多事等着妈妈去做。而爸爸要到星期天才能从工地上回来。你要去，就只好自己一个人去吗？"

　　"我不怕的。"洪扎的眼睛发亮，鼓足勇气说。他红红的脸蛋上满是欢喜的神色，"我拿上我的玻璃球和棒棒就到姥姥家，这就去！"

　　洪扎口袋里的五彩玻璃球确实很好看。街上许多孩子都羡慕他有这样漂亮的玻璃球，所以，洪扎觉得自己很了不起。他想，到姥姥那里去，一定得带上它。棒棒也是绝不可少的。这木棒对他很有用。

　　"等等，"妈妈拉住他说，"急什么呀。不能带上玻璃球和棒棒就走！我昨天晚上把要带的东西都给你装进小提箱里了，明天你好坐火车去。"

　　"玻璃球呢？"洪扎问妈妈。

　　"我会装进你箱子里的！"

　　"棒棒呢？"洪扎试探着问。

　　"棒棒就留在家里，别带了。你带上棒棒会戳到别人眼睛的。"妈妈用特别轻柔的语调说，孩子一听妈妈用这语调说话，就马上改变态度，妈妈说什么他就得做什么。

　　但是不带棒棒，洪扎还是有点儿舍不得。没有棒棒带在身边还像什么男孩！但是妈妈不让带，有什么办法呢？只好不带棒棒到姥姥家去了。到姥姥家，没有棒棒一样也挺好的！

在火车上

一大早，妈妈就把小洪扎送到火车站上火车。因为早，来车站等上车的人只有稀稀拉拉的几个。妈妈把小洪扎送上车后，就把小提箱递到小洪扎手里。

"看好你的手提箱！"妈妈大声说，"箱里有你换洗的衣服，一双亚麻布鞋子，还有五块手帕。"

"知道了。"洪扎说。

"别跑出车厢！过一会儿就会有列车员来找你的。我已经把你托付给列车员阿姨了。"妈妈接着说。

"我自己能找到姥爷家的！"洪扎勇敢地说。

"你不用怕！"妈妈又嘱咐说，"姥爷赶马车来接你。我已经跟他在电话里说好了。"

"姥爷！"洪扎兴奋地大叫起来。"姥爷赶马车来接我。那，妈妈你回去吧！"洪扎把妈妈赶走，他希望车子这就开动，早早把他送到姥姥家。

"我走，我走！"妈妈说，"我在车窗外，看你的火车开走。"妈妈随手关上了车门，真

的就转身走了。

妈妈走后，洪扎心里空落落的，开始犯愁。他把箱子提在手里，走到窗口，看妈妈是不是站在月台上。看见了，他看见妈妈了！妈妈现在站的比洪扎要低得多了。她只得抬头看自己的儿子。洪扎看见妈妈嘴唇翕动着，但是一句话也听不清楚。

"妈妈，你说什么？"洪扎大声问。

妈妈听不见他的话。他有些心慌——妈妈现在变得那么小了！

洪扎要跟妈妈说话，但是隔着玻璃，妈妈没有听见儿子说什么。车就要开了。一位女列车员走近妈妈。那女列车员穿着一身深蓝色的制服，黑色的头发从大檐帽下挤出来。

女列车员对妈妈说着什么，她们两个时不时瞅瞅小洪扎，列车员笑了。妈妈却没有像列车员那样笑。

"火车马上就要开了！"妈妈抬高嗓门对小洪扎说。

妈妈抬高嗓门说的话，小洪扎听见了。小洪扎的心即刻怦怦狂跳起来。列车缓缓开动了！小洪扎心里不由得害怕起来。他的背脊上像是有许多蚂蚁在蹿、在爬。也真是啊，车子开走了，而妈妈就留在车站了！

小洪扎看见女列车员举了举手，接着就跑掉了。

"箱子！箱子呢？"妈妈在月台上大声对小洪扎说。

"在呢，在这儿！"小洪扎边回答，边举起箱子来给妈妈看。他想着，妈妈能看见箱子在他手上呢。

他脸紧贴着车窗玻璃，头拼命想要伸出窗外。伸出去就可以离妈妈

近些。

然而，他的头怎么伸得到窗外去！玻璃坚硬着哩！

火车开了，小洪扎身子不禁猛一颤动，轻轻晃了晃。可双眼一直望着妈妈。妈妈笑着，可眼角上挂着泪滴。妈妈哭了！小洪扎看着妈妈向后退去，像是把他向远处推开似的。过一会儿，妈妈的身影就在小洪扎视线中消失了。

小洪扎闷闷不乐，忽然觉得不好受。小洪扎想跳起来，想扑向妈妈，想要投入妈妈怀中，但这已经是不可能的事了——妈妈在月台上呢。小洪扎觉得孤零零的，眼泪扑簌簌迸出来。再过一小会儿，他就哇哇放声大哭了。

"怎么啦，孩子！怎么哭得收不住了？"小洪扎听到一个男人的声音说。

小洪扎扭转身，满含泪水地向那男人看去——他就坐在他的斜对面，男人的鼻子像他爸爸那样的大，头发黑油油的。

"我没哭。"小洪扎抬起头，回答那男人说。

小洪扎擦去眼泪，眯缝起眼睛看他。他不能在一个大人面前哭鼻子！

他把箱子往自己身边挪了挪。

"你往哪里去呀？"那陌生人问他。

"我去找我姥爷。"洪扎回答，但眼睛却朝着窗口。

"啊哈……去看姥爷呢。"陌生人看着小洪扎说。

"也看姥姥。"小洪扎赶快补上一句。他觉得只说姥爷不对，应该也

说姥姥才好。说到姥姥，他立刻想起姥姥的模样、姥姥的声音。

"你叫什么来着？"那陌生人笑吟吟地问。

"我有两个名字。"小洪扎回答。

"不会有两个名字的。"

"有。"男孩要陌生人相信。"妈妈叫我洪扎，学校里的女老师叫我扬·梯西，扬·梯西也是我。"

"你已经上学了？"

"是呀。"小洪扎马上回答，"只是，那学校是给还没有上学的娃娃读的，大孩子上学得带书，我们只带早点。"

"我知道你上的是什么学了。"陌生人点了一下头，就放声哈哈大笑起来。

"您去哪里？"小洪扎大起胆子问。

"去上班。我在铁路上工作。想知道铁路工作是做什么的吗？"

"啊哈。"小洪扎想弄明白铁路工作是做什么的。

"那祝你一路都

好，小洪扎。"那在铁路上工作的陌生人忽然站起来，"我就在前面那个站下车了。"

"可我还得走！"洪扎回答着，向陌生人伸过手去。

铁路人握了握洪扎的手。

"请代我问候你的姥爷！"他说完，就转身走了。

小洪扎想起姥爷，他越想越希望火车能开快些。小洪扎觉得要活动活动身子，但是他不能从车厢走出去，再说，他得看好他的箱子呀。火车不紧不慢地拉着洪扎往他姥爷那里去。

小洪扎拿出一块奶油面包和两片饼干来吃。接着仔细看了看座椅底下，看那里有没有藏着什么东西，接着就把头望向窗外。他看着一根根的柱子，先是一根比一根大起来，接着是一根比一根小下去。他闹不明白这柱子怎么会变大变大又变小变小。随后，他拉了拉窗子，还捶了捶窗玻璃。可是窗子就是打不开。

小洪扎坐上姥爷的马车

小洪扎正觉得孤独寂寞的时候，一个女列车员走过来。她"哐当"一下拉开车厢门，大声对小洪扎说："孩子，你下车的车站马上就要到了！"

这就是说，他很快就能见到姥爷了！他拉住女列车员的手，向门口跑去。车停住了。女列车员弯下腰，抱住小洪扎，把他轻轻放到了地面。

小洪扎一下感到茫然了：姥爷在哪里呀？他就该在这里上马车。瞧，马车来了。马受到火车这大家伙的猛一惊吓，两条前腿往高处扬起来。

　　不过姥爷很快勒紧了马缰，同时大声呵斥了一声，让它站定。姥爷身边蹲着朋吉雅，它汪汪汪叫个不停。它没有见过火车，也不知道火车是个什么东西，所以只是大惊小怪地叫。

　　"姥爷！"小洪扎亮开嗓门叫了一声，接着就飞快地向姥爷跑过去。

　　"等等！"姥爷说着把马拨转了身。

　　"朋吉雅！"小洪扎唤了一声红毛狗。

　　朋吉雅从地面高高跳起来。朋吉雅用鼻子尖碰了碰小洪扎，接着绕着他呼噜噜转个不停。对于小洪扎的到来，朋吉雅简直兴奋得难以形容。

　　"小洪扎！"姥爷问，"你的箱子哩？"

　　洪扎看看他的右手，手上空空的，什么也没有。

　　洪扎赶忙看看左手，左手也没有箱子。

　　洪扎一下子惊慌起来！他的心一下子变得冰凉。他怎么会把箱子忘在火车上呢？妈妈一再提醒他要看好箱子的，可他把箱子忘了！显然，妈妈的担心不是多余的。

　　但是箱子没有叫火车带走。应着姥爷的问话，女列车员在火车快开动的瞬间，把小

洪扎的箱子送来了。洪扎把箱子紧紧地抱在胸前，这回不能再丢了。他就这样抱着箱子跑到了姥爷跟前。朋吉雅跟着他跑。朋吉雅觉得它也该帮着拿点儿什么才好，于是它就衔了根枯树枝跟在小洪扎身后，颠儿颠儿地跑。

这时候，姥爷已经安顿好了马。他一把抱起手里拎着箱子的小洪扎，让他在赶马人坐的位置上坐定，自己坐在他身旁。可是，朋吉雅不愿意被马车落下。它丢了枯枝，紧跟着小洪扎，一步不落地在身后跑。

"朋吉雅！你跑这么快干啥？"小洪扎大声对朋吉雅说。

然而，朋吉雅乐意这么舍命地追。它觉得离小洪扎越近越好。当它追上了马车，它也跳上来，挤到了小洪扎和姥爷中间。

小洪扎也非常喜欢朋吉雅坐在他身边。他坐在姥爷身边，一只手提着箱子，一只手轻轻地拍打着朋吉雅的头。马拉着马车，跑得格外欢。他们一起进了孔尼克韦茨村。

"就你一个人自己来。"姥爷的微笑在白胡子里透出来，瞟了小洪扎一眼说。

"就我自己。"小洪扎点了点头，一脸自豪地说，"火车跑得那个快，简直是一个疯魔！"

"妈妈什么时候来？"姥爷问，"你怎么不让她也来？"

"要是妈妈也来，就不能我一个人来了——我老早就想着我要一个人来。"小洪扎说，"她星期六来。"

"这也好。"姥爷放心了。

"姥爷！"

"你要说什么，小洪扎？"

"这马是谁的呀？朋吉雅我熟，可马我以前没见过呢。"

"这马是公家的，是农庄的。"

"公家的，是怎么回事？"小洪扎想问个究竟，"公家"这个说法他还是第一次听见哩。

"这就是说，这马谁要用谁就用，它是集体的，就是我们大家的。

我就拿它用一天。"

"姥爷,"小洪扎想着说,"什么叫集体呀?"

"就是说,公家养公家用,不只是马,所有牲口都是大家伙儿养,归大家伙儿所有。这马我就今天用一天。"

"姥爷,"小洪扎想,"还有什么是公家的呢?"

"还有,譬如说这田、这地,"姥爷说着,拿鞭把儿指了指四周无边的田地、垄沟,"看见了吧,这田野都是我们这庄子大家伙儿的。"

小洪扎望着向四方延展的土地,麦子已经收割了。一边拖拉机轰轰隆隆在犁地,一边好几匹马在耕种。

"我们庄子里还有许多奶牛。"姥爷说,"我们还有许多猪,猪归我养。还有很多很多鸡,由你姥姥喂着。"

"姥爷!"小洪扎又抬起头。

"你要说什么?"

"朋吉雅也归大家吗?"

狗一听到它的名字,就轻轻叫唤起来。它是要让小洪扎和姥爷知道它现在蹲在他们身边哩。

"朋吉雅,不,朋吉雅不是大伙儿的。"姥爷笑起来。

朋吉雅听到又一次提到它的名字,就轻轻地叫了一声。接着它竖起耳朵,露出白白的牙齿,表示它在笑。常常是这样:姥爷笑,它就随着笑。朋吉雅可爱姥爷了。

小洪扎看见红毛狗欢欢喜喜的,就对它说起话来。他告诉朋吉雅,

说他们街上有许多小朋友，还把自己的彩色玻璃球拿出来给它看。朋吉雅立起耳朵听着，很想把小洪扎说的话都弄明白。过了一阵子，朋吉雅热了，就张开大嘴巴，舌头拖在嘴外。

这样一路说着，不知不觉间，姥爷、小洪扎和朋吉雅的马车就进了孔尼克韦茨村。

姥姥得到玻璃球

小洪扎的姥姥已经老了。头上裹着头帕，只有在睡觉时才把头帕摘下来。她太想念小洪扎了，早都盼望着小洪扎来，几天前就到路口去看外孙儿来了没有。

马车终于驶进了村子。姥姥的目光在搜寻小洪扎。小洪扎真的来了吗？这会儿她笑了：小洪扎坐在马车上哩。他坐在姥爷身旁。她还听见了什么叫声——原来是朋吉雅，它汪汪汪地叫得满村子都能听见。

一阵轰隆声，马车驶到了村口。

"马车这么快，是赶着救火呢！"姥姥对着姥爷喊，说着就笑眯眯的。

小洪扎的来到，让她打心坎里高兴。她一眼就看出这是她的外孙儿。你瞧他，这头发刺猬似的支着，两颊红扑扑的。

"姥姥！好姥姥！"小洪扎大声喊着外婆，乐得直想蹦跳。

但是姥爷一把将他抱下车来，朋吉雅最后从马车上跳下来。红毛狗吓着了姥姥养的鸡。鸡随即哗啦啦飞起来，"咯嗒咯嗒"，像是谁在宰它们似的。

"朋吉雅，走远些！"姥姥对正绕着她裙边转的狗厉声呵斥道。

"给你小洪扎！"姥爷一把将小洪扎塞进姥姥的怀里。

姥爷接着去马圈。他得给马喂些饲料，把马车放进棚屋里。

"我的孩子哎！"姥姥亲热地把外孙紧紧搂在自己怀里。

"还有只箱子哩！"小洪扎把箱子递到姥姥面前。

"你一定给我带来好东西了吧？"姥姥笑着说。

小洪扎一下不好意思起来，因为他没有给姥姥带东西来！他想起来，箱子里的东西全不是给姥姥带的。一件衬衣，是他住下时就要穿的，里面还有一双鞋，姥姥穿也太小，手帕是洪扎最心爱的东西，他洗过好几回了，妈妈把它熨得平平整整的。不过他想了想，还是想到有一样东西可以给姥姥。

"姥姥，你放下我！"他说。

姥姥把小洪扎放到了地上，又上上下下打量着自己的小外孙。洪扎摸了一下自己的衣袋，摸出了一颗玻璃球。五彩的玻璃球在太阳下迸射出耀眼的光彩。

"给，姥姥，这个给你！"

"噢，好看哪！"姥姥接过玻璃球，眼睛顿时发亮了。

"你拿着玩吧！"洪扎说。

"噢，我亲爱的！"姥姥笑起来，"我还是藏着它吧！"

姥姥把玻璃球藏进了自己的裙子口袋里。孩子其实很是舍不得玻璃球的，不过，过一阵子也就忘了。

大猫不停地蹭着小洪扎的膝盖。小洪扎抚摸着它。这猫真好看，通身黑得油亮油亮的，只有眼睛是黄黄的，像两个灯泡灼灼放着亮光，它伸直榛子枝似的尾巴，"喵喵、喵喵"低声儿连连地叫，叫得可欢了。

朋吉雅不愿意小洪扎只抚摸大猫。它不喜欢这个黑不溜秋的家伙。朋吉雅恼怒了，背部的毛根根钉子般倒立起来，"哈弗哈弗"吠叫着向大猫扑过去。大猫胆怯了，嘘嘘叫着，闪电般逃出屋去。朋吉雅纵身扑向大猫，可狗能追上猫吗？猫三下五除二就跳上了柴垛子。狗于是只好在下方汪汪吠叫，一点儿奈何不了它。朋吉雅恨自己不能跟着也跳上柴垛去追猫，去教训它一通。

"朋吉雅，别追猫了！到我这儿来！"小洪扎对狗说。

狗不叫了，转着圈儿咕噜噜摇晃着尾巴，很快向孩子跑过来。它跳起身，扑到姥姥和孩子身上，差点儿把他们撞倒。

"滚开，讨厌的家伙！"姥姥呵斥道，随后把孩子叫进屋子里去。

姥姥和外孙一同进了姥姥的厨房，这里到处都干净得发亮。屋角上

放着一张餐桌，木质地板，天蓝色的咖啡炉，小小的窗口上盛开着一盆鲜花。

"你坐火车来的吗？"姥姥问。

"是我自己一个人坐火车来的。"小洪扎高昂着头，觉得自己很了不起。

"一个人，不害怕呀？"姥姥不放心地说。

"有什么好害怕的，我都大了……"洪扎想找个可以比个儿的物件，"我已经比桌子高了！"

洪扎说得不错。他是比姥姥的桌子要高出一点点了。

"是呀，你长个儿是不论天，得论钟头！"姥姥说，"你长这么高，那你得单独睡一个房间了，姥爷打算把自己睡的床给你睡，好吗？"

哟，得一个房间只睡他一个人了！

洪扎刚一听到很高兴，过后觉得不对劲。在家里，他夜里是同妈妈睡一间的，他一叫，妈妈就能听见。而现在他一个人睡，叫谁去呢！四周什么也看不见。

"好的，我就一个人睡，"洪扎壮了壮胆说，"让朋吉雅跟我睡，可以吗？"

"你也是，朋吉雅得看院子哩！"

"朋吉雅不行，就大猫吧。就让猫跟我睡一个房间！"

"大猫得睡顶楼，在草垛上护粮食呢！"

"倒也是呀。"洪扎寻思着说，"不过，那么，姥姥你得……"

"什么？"

"那你得还我玻璃球！玻璃球夜里会给我照亮。"

"给，就放在你身边让它给你照亮，"姥姥把玻璃球递给了外孙，"反正，我也没有工夫玩它。"

"倒也是，这玩意儿你也不会玩吧。"洪扎补充说。

起先，洪扎觉得从外婆那里要回玻璃球不好意思，不过很快他就笑了——玻璃球又回到了他手上，他还能不高兴吗？

在养鸡场

洪扎打开箱子，从里头拿出方格子衬衫穿上，妈妈说过，这件衣服弄脏了可以洗。接着又穿上鞋。这时候，姥姥的鸡蛋也煮好了，洪扎可以吃早餐了。他敲开蛋壳，吃起蛋来，咬一口蛋吃一口面包。他吃得那么香，朋吉雅看着就眼馋起来，它把头搁在洪扎膝盖上，眼看着洪扎吃，涎水一滴一滴从嘴角淌下来。

洪扎看见朋吉雅这副馋相，就问："朋吉雅，你也要吃是吧？"

朋吉雅狠劲儿摇尾巴，耳朵耷拉下来，口水流得更厉害了，这不明摆着是说："是呀，我是很想吃呀！"

小洪扎就掰了一块蛋白，递给狗吃。朋吉雅一下子就吞下去了。

"你怎么不嚼嚼呀？"洪扎生气了，"吃蛋得细细嚼……瞧，这样，你看我。"

洪扎给朋吉雅做着嚼鸡蛋的样子。狗却不喜欢嚼，它使劲儿摇尾巴，

洪扎给它的第二块蛋白，它也还是一口就吞下去了。

"啊，你，好个馋嘴的家伙！"姥姥说，"洪扎，你就别给它吃，划不来给狗吃鸡蛋。吃过早点，你就去果园里看看吧，那里满园子都挂着果子哩！"

洪扎和朋吉雅一起走进了果园。洪扎把落在地上的苹果一个个都捡起来。最红最红的那个他张嘴咬着吃开了。狗一眼不眨地盯着洪扎吃苹果。他给了狗一块。朋吉雅不喜欢苹果。它嚼了嚼，就吐在了地上。洪扎吃李子时嚼的时间长些。当洪扎给狗吃一块李子的时候，狗只嚼了几下，就吞了，不料，"喀嚓"，卡在喉咙里了。

"你倒是别慌呀！别吞！"洪扎大声对狗说，"你不记得李子有个核的。"

不过朋吉雅也就咳了几咳，一用力，把核吞下去了。洪扎给它讲什么"核"，它不懂。

"朋吉雅，核得吐掉！"洪扎大声对狗说，说着还做了个吐核的样子，教它该怎么吐。可朋吉雅吃李子还是连核吞进了肚子。洪扎跟它说，它只会摇尾巴。

"朋吉雅，啊呀，你连什么是'核'也不懂！"洪扎气恼地说。

不过，洪扎很快就不生气了。这时姥姥叫他到养鸡场去，洪扎应声走去，朋吉雅在他屁股后头颠儿颠儿紧紧跟随。

但是姥姥把狗赶开了。

"哎，你就看好院子！"她厉声对它说，"你不能进养鸡场！鸡会被

你吓飞的！"

朋吉雅立刻收紧尾巴回家去了。它不情愿地躺下，闷闷不乐，不过它也只好眼珠乌溜溜地看着洪扎和姥姥关上院门。洪扎和姥姥经过村子，顺着一条小路向村外走去。村外有个养鸡场。养鸡场很大，四周用篱笆墙围着，场中央排列着长长几排石头砌成的鸡食槽，槽跟前站满了白颜色的母鸡。

姥姥伸手打开鸡场门，洪扎紧跟姥姥进了场。这时，一个红红的什么东西从他们脚边挤到他们前头去。

"朋吉雅！"姥姥生大气了，对它厉声呵斥。她猛然回头，同时摘下了头帕，"我怎么跟你说来着？马上给我回家去！"

"姥姥！"洪扎为朋吉雅求情说，"让朋吉雅在这里，跟咱们一起吧！它会安静地蹲在篱笆墙门口的。"

他心疼朋吉雅呢，还同情它。

朋吉雅一听见姥姥的呵斥声，就到篱笆墙门右侧去躺着了。它用狗式的微笑感激洪扎，同时抱歉地看着姥姥。

姥姥把洪扎领到了鸡食槽边。她让洪扎看她料理的鸡场有多么干净、多么明亮。食槽是空的，鸡们在院子里踱来踱去，只有一些鸡在窝里蹲着，静静地下蛋。

"这里太好了！"洪扎看着不免有些激动，"姥姥！"

"你要说什么？"

"这里的鸡为什么全是白的呢？"

"这鸡种特别好，不只下蛋多，肉还格外鲜嫩。"

一只母鸡从窝里飞出来，一落地就"咕哒咕哒"欢叫个不停。它很怕有谁去动它的蛋。

"看见了吧，洪扎，"姥姥说，"它刚刚下完蛋。"

"我看出来了！"洪扎欢喜地惊叫起来，"家里吃的就是这蛋。"

洪扎把蛋捡起来，装进了自己的衣袋。蛋还是热乎乎的呢。

"洪扎，不可以这样！"姥姥认真地说，"这蛋不是我们一家的。"

"这样啊。"洪扎叹了口气说。说着就把蛋放回了窝里。

朋吉雅一直静静地躺在篱笆墙门口。要是鸡不去打搅它，它就总是这样静静地躺着。鸡们伸直脖颈"咕哒咕哒"不住声地大叫。它们忌惮篱笆墙门口躺着的——这什么畜生？朋吉雅对鸡们的叫声烦透了！他干脆闭上眼睛，不看鸡们，眼不见心不烦。

一只白公鸡听得母鸡们这么惊叫不止，就向朋吉雅跑去。这白公鸡把朋吉雅惹恼了。公鸡在狗身边不停地跳来跳去，还伸长脖子大声喔喔叫。狗这下不能再忍让，它想发火，不过它还依旧硬忍着，克制着，按捺心中的窝火。它翻了个身，又在紧挨篱笆墙门边躺下。它的心思是这样的：别踩到我身上，你还是识相点儿，乖乖地自己走开好，不然，我把你撕了吃！

公鸡一跳一跳地走开了，可过不一会儿，它又往朋吉雅躺着的地方凑。它又来啄狗了，这回是啄狗的尾巴。朋吉雅被啄疼了，它不客气了。"咕噜噜"跳起来，大叫一声向公鸡猛扑过去。狗嘴一下叼住了公鸡的白翅膀。

公鸡吓得"呱啦"一声大叫，叫得全村都能听见。它弹开翅膀，瞪大双眼，直往鸡圈跑，慌慌张张，急急忙忙，差点儿倒栽了个嘴啃泥。

正在这时，姥姥从鸡圈那边走出来。洪扎紧跟在姥姥身后。姥姥一下子明白发生什么事了。她气呼呼地一把抓起扫帚，向朋吉雅直奔过去。但是狗不等姥姥赶到它身边，就放弃了对公鸡的追逐，猛一转身，向篱笆墙门口逃去。它不想再尝姥姥扫帚的味道了。幸好，姥姥气喘得厉害，不得不站住。她知道自己追不上狗了。

"姥姥，"洪扎大声说，"我来把朋吉雅领回家去！"

"滚，别让我在这里再看见你！"姥姥气急败坏地对朋吉雅说。洪扎打开鸡场门，把朋吉雅放出去。朋吉雅嘴里"呼哧呼哧"的，很想把嘴里的鸡毛赶快吐掉，可就是吐不掉。洪扎只得赶过去把鸡毛从它嘴里拉出来。

"朋吉雅，鸡圈这里你不能来，你不知道吗？"洪扎想让狗明白，"公鸡是不能碰的。"

狗耷拉着耳朵，夹紧尾巴。看得出来，洪扎庆幸狗还好没有咬到公鸡，要是咬到了，姥姥是饶不过它的。

犟 山 羊

中午，姥爷到食堂里打饭，带着洪扎。姥爷拿着两个饭盒和外孙一起走着。厨房门口排着队，都是平常一起干活的人。大家打到饭菜后，就端起盆子到餐桌边坐下，围着桌子，乐呵呵的，边吃边聊。

终于等到姥爷打饭打菜了。

"今天我们是三个人。"姥爷对小窗口里的厨娘说。

"你家来了谁？"一个女厨师问。

"喏，我们的外孙从布拉格来了。"姥爷回答，说着对洪扎笑笑。

洪扎抬头，紧挨着姥爷的膝盖。从小窗口里伸出一张红扑扑的脸来。

"你吃得了一份吗？"

"能！"洪扎点了点头。

在布拉格家里，洪扎总是吃得跟妈妈一样多。

"你这么壮实，能帮咱们干活不？"

"姥爷去干活，我跟着一同去。"洪扎毫不犹豫地回答，说着看了看姥爷。

姥爷疼爱地抚摸了一下孩子蓬乱的头发。

"好吧，那我就让你加入打饭的队列。"窗口里又传来那女厨师的声音。

洪扎高高仰起头。他实在还没有长大，个子不够高，而打到的饭却和大人一样多。

当他们回家时，洪扎先跑到姥爷家的篱笆门。他想快快见到姥姥，所以他要跑去抢先打开篱笆墙门……院子里站着一只山羊，白白的颜色，个头很大。它有一对直挺挺的角和一根频频颤动的白杨枝一般的尾巴。它看着洪扎，晃着脑袋，向洪扎走过去。洪扎害怕这头有尖长角的动物。可山羊还是向孩子走去！噢，它的这双犄角太可怕了！

"姥爷！"洪扎惶恐地大叫起来。他站在原地不动，眼睛睁得大大的，直对着山羊看。

山羊慢慢跑近来，微微低下头。他怕他一跑，山羊追上他，会拿角抵他的背。

"不用怕它，洪扎，它不会把你怎么样的。"姥爷大声说。

姥爷听到洪扎在喊他，就匆匆赶过去。

洪扎见姥爷走过来，才不再害怕。山羊走到洪扎跟前，嗅嗅他的衬衣，又嗅嗅他的短裤，就垂下耳朵，走到一边去。山羊舒开尾巴，像风标似的转个不停。

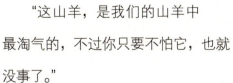

"这山羊，是我们的山羊中最淘气的，不过你只要不怕它，也就没事了。"

"姥爷，"洪扎红着脸说，"可我……"

"你怎么啦？"

"我还是怕！"

"它挨近你时，你别跑，它就不会把你怎么样的。"

"为什么它总让我看着害怕？"

"它爱抵人，还犟，它要不走，就拉不动它。不过我有办法叫它乖乖跟着我走。"姥爷笑着说。

"你是用的什么办法？快告诉我！"

"我就折一根槐树枝，扛着，它就乖乖跟着我走，我走到哪里它就跟到哪里。它最喜欢的，就是吃槐树嫩叶。"

山羊在院子里走来走去。它啃了一阵青草，又去嚼一阵麦秸，舔舔墙壁，接着就拿它的双角去抵树干，随后用舌头去卷吃篱笆边那棵槐树的枝叶。它想卷高处的叶子，就踮起它的后腿，把前腿搭在篱笆墙上。山羊的嘴唇很有劲，能扭断槐树的嫩枝，并且很快卷进嘴里嚼吃。槐树的枝叶有一种强烈的清香味，一进它的嘴里就像蜜糖似的瞬间融化了。槐树的枝叶特别对山羊的胃口。它吃得一高兴，尾巴就像一面风中小旗似的不停地摆荡。

"你看它吞吃槐叶的样子！"姥爷笑着说，"它就喜欢卷槐树叶吃。"

"这羊是谁的？"洪扎问。

"也是大家伙儿的。晚上，它和其他的羊关在一起。我们拿它的奶喂刚生下来的小猪仔。"

"我今天忘了给它挤奶了，所以它到我家院子里来。"姥爷说着给山

羊招了招手。

山羊从篱笆墙上放下前腿,小步快跑着,经过洪扎身边,走进棚屋里。它跳上了一张旧桌子,昂起头,等着姥爷来挤奶。姥爷把午饭递给在厨房里的姥姥,自己来给山羊挤奶。山羊像生了根般牢牢站着,眼看着天蓝色的墙壁。

"姥爷,为什么让山羊站到桌子上去呢?"孩子忍不住问。

"这不,洪扎,我的腰背疼,就叫羊爬桌子上去,这样我就可以不弯腰给它挤奶了。"姥爷一边回答,一边挤着山羊奶。

羊奶流进了奶桶,奶桶渐渐装满。突然,山羊扭动身子,从桌子上跳下来,自己跑出了棚屋,姥爷这时赶紧把奶桶移开,不让它撞翻。

"它就跟我捣乱,时常这样,挤着挤着,突然自己跑了!"姥爷对山羊的这种恶劣脾气很是生气。

洪扎正要开口问为什么姥爷不去追山羊时,姥姥叫他们去吃午饭了。洪扎走进了厨房。餐桌上已经摆好饭菜,等他和姥爷来吃了。

洪扎放风筝

吃过午饭,姥姥让洪扎去跟村里的孩子们玩。村里的孩子有好几个,一个大些的,叫维克托,已经上小学了,第二个小些的满脸雀斑,叫费尔达,最小的一个是小女孩,叫泰莱斯卡。

"你认得我吗?"费尔达问洪扎。

"我已经认识这村里的好几个孩子了,"洪扎不假思索地回答,"斯杰

涅克、弗兰塔和菲利普。有一个男孩比我还小，我不知道他叫什么。"

"那男孩该是斯拉维克吧，"泰莱斯卡猜测，"是的，他叫斯拉维克！"

"对，叫斯拉维克！"洪扎大声说，"在布拉格的家里，我有根棒棒，我们常常从公园里穿过去……"

"你们放风筝吗？"维克托问。

维克托家里有风筝，他喜欢把风筝放上天空去。他还会用树皮做船，假期里，他还做了一架飞机呢。他做的船能在水里漂，可飞机却飞不起来。维克托打算重做，一定要让飞机飞起来，飞上天去。

"不……我不放风筝。"洪扎回答。他觉得不自在了，在布拉格，谁家都没有风筝，哪个孩子都没有风筝。

"他们啊，风筝往哪儿放呀，连天空都没有！"雀斑脸费尔达一脸不屑地说，"在布拉格，我知道，只有房子，什么天空都没有！"洪扎确实想不起自己家里的天空。因此，他看着雀斑脸男孩，自己的脸上显出了失落的神情。

"天到处都有的。"泰莱斯卡毫不迟疑地说。

"当然。"洪扎点了一下头。

洪扎觉得泰莱斯卡什么都知道。她的脸蛋小小的，眼睛却很大，而且像两颗明星似的亮晶晶地放光。

"我去把风筝拿来，"维克托说，"咱们来放风筝。"

"去，快去拿来！咱们到村外田野里去放！"孩子们来了兴致，异口同声地说。

洪扎自然是最高兴的。他还没有放过风筝呢！他只在书里的图画上见过风筝，亲手放，却一次也没有。

维克托真的把纸做的风筝拿来了。风筝上画有眼睛、鼻子和嘴巴。它像是在看着孩子们，尤其像是特别对着洪扎看。维克托自己拿着风筝往村外跑。费尔达拿着放风筝的线卷，洪扎托着风筝的尾巴。他小心翼翼地跟随维克托走，仿佛这风筝尾巴是玻璃做的，一掉在地上就碎了。泰莱斯卡在最后面跟着，她怕看那风筝的脸，似乎风筝的眼睛就是直直地对着她看的。

孩子们从脱粒机旁走过。那里，人们忙着把麦秸打成捆，搬上车子运走。脱粒机轰隆隆地震耳响。洪扎看见麦秸从脱粒机的红嘴里不断吐

出来。正在忙着把麦子装进袋子的那个人正对孩子们说些什么，可洪扎一句也没听清。他专心致志地跟着风筝跑，生怕把风筝尾巴给扯断了。

到了田野边上，维克托就把风筝往天空抛去，他逆风飞跑。风筝上下跳了几跳，随即就飞了起来。维克托快快地把风筝线舒开，风筝于是就越飞越高，越飞越高。

"看哟，风筝笑了！"洪扎拉

开嗓门叫着。

"它这不是笑,"费尔达纠正说,"它这是犯愁!愁飞不高!"

"不对!我知道,"泰莱斯卡说,"往下蹿,发出来的声音才会是犯愁,而往高处飞,它就笑,风筝都是这样的。"

"说得好!"洪扎说着,敬佩地看了泰莱斯卡一眼:多聪明的小姑娘啊!

在脱粒机旁干活的人中,有一个人叫了一声维克托,让他去拿水来给他喝,他干活干得口渴了。

维克托手里拿着风筝线哩,他犹犹豫豫地看了一眼伙伴们——这些人当中谁靠得住啊?最终,他选中了洪扎。他于是对洪扎说:"你来,好好拉住线卷!别松手!"

"好的!"洪扎回答,他又激动又紧张,拉风筝的手忍不住哆嗦。

瞧他拉起风筝线,风筝线的上头一端是他拉着的风筝。风筝已经飞得那样高,从地面看,已经看不清风筝上画的哪是鼻子哪是嘴了。

风筝在静静地向地面的人们点头，风筝尾巴一会儿摆向西一会儿摆向东，样子很是自在。洪扎的手感觉到风筝的轻轻动荡。这感觉有多么美妙啊！他想就这么放，一直放到晚上！

维克托去给人提水那会儿，雀斑脸费尔达走到洪扎身边，悄声对他央求说："把风筝给我放一会儿好吗？"

"不行！"洪扎一口拒绝。

"只一会儿也不行吗？"费尔达保证说。

"一会儿也不行！"洪扎没商量地回答，他牢牢记着，这风筝是维克托交给他的，也就是说，让维克托信得过的只有他。

"我给你铅笔刀。"费尔达继续说，从口袋里掏出亮闪闪的铅笔刀。

洪扎用眼角瞅了瞅费尔达手里的铅笔刀。铅笔刀对他很有诱惑力。现在如果给他风筝，这么漂亮的铅笔刀就是他的了！然而洪扎立刻记起维克托的话，于是就对费尔达说："不行！"

"维克托不会看见的。"费尔达嘟哝着。

费尔达太想拉拉这长长的风筝线了。

"洪扎应该记住维克托的话。"泰莱斯卡厉声说。她生气地盯了费尔达一眼。

费尔达恼怒了，他吼叫道："你不给我，瞧我一拳把你打翻在地！"

"你倒是试试！"洪扎从牙缝里挤出这句话。

洪扎一只眼睛看着风筝，一只眼睛对费尔达瞪了一眼。

"我扔你一块石头！"费尔达大声威胁说，说着就真的在地面找石头。

泰莱斯卡不喜欢这种威胁手段。她跑到洪扎身边，伸开双臂护着洪扎。于是费尔达只好把捡起来的石头扔回地上，恶声恶气地说："好吧，你们就拉着你们的风筝线吧！"

说完就自己跑回村去了。

维克托不久就回来了。他接过风筝线卷，问洪扎："这风筝怎么样？没有从你手里飞掉吧？"

"瞧你说的！"洪扎自豪地回答，"我紧紧拉着它，它飞不掉的！是吧，泰莱斯卡？"

"我一直看着洪扎，"泰莱斯卡证明说，"他一直牢牢拉着风筝线呢。"

"这就好。"维克托脸上漾满了微笑。

接着，他们三个人久久地看着在天空摆荡的风筝。它一会儿飞高，一会儿飞低，一会儿点头，一会儿在空中静止不动。看来，风筝自己也很得意呢。它喜欢蔚蓝的天空，喜欢枕着天空安睡。

洪扎的梦

夜晚，姥姥家的屋子里一片漆黑，比洪扎在布拉格睡的房间要黑得多。姥姥家的屋子，一到夜晚到处都是黑魆魆的：院子是黑魆魆的，畜圈是黑魆魆的，棚屋是黑魆魆的，前厅是黑魆魆的，窗外是黑魆魆的，桌子下面是黑魆魆的，炉子后面是黑魆魆的。只有在厨房里亮着一盏灯，所以只有厨房那边洪扎不怕：炉子旁边，姥姥总在忙这忙那，桌子旁边，姥爷总在看报纸，那里，他当然不用怕。

　　但是，洪扎时时担心着他将一个人在屋子里睡觉的事。他老想着，他睡的那间屋子黑咕隆咚的，什么也看不见。洪扎夜里一醒，就不由得立刻蹦起来——要是在黑暗中他的头没了呢，可怎么好？洪扎自己想出来的办法，就是把朋吉雅和大黑猫放进自己睡觉的屋子里来陪伴他。狗睡他床下，猫跳到柜子上面蜷着。这些姥爷和姥姥都不知道。

　　姥姥打理好洪扎的铺盖，就让洪扎上床睡了。姥姥看出来，躺在被窝里的洪扎总是害怕和紧张，就说："你不会怕黑吧？"

　　"不会。"洪扎回答，说着笑起来，自己躲进了被窝里。

　　他知道，有朋吉雅和黑猫陪伴着他哩！

　　"你的玻璃球在不？"姥姥问。

　　"瞧，在呢！"洪扎摊开手掌：手掌上，玻璃球闪出五彩的光芒。

　　"那你就可以放心睡了。"姥姥补充说，说完关了电灯，自己走出了房间。

　　洪扎想闭上眼睛睡觉，可眼睛就总是睁着。就像是眼睛里有弹簧撑着似的。洪扎还想看看眼前的东西，可他看见的只是黑暗，这让他心里很不舒服。因此他翻来覆去总是睡不着。他想，哪怕什么地方有一丝光线也好啊。可是他眼前只是一屏黑幕。洪扎犯愁了，他轻轻叫了一声"朋吉雅"，他以为狗会轻轻回应他的。可是，朋吉雅却吠叫起来，寂静中，它的汪汪声响得惊人。它的耳朵灵敏着呢，一丝细细小小的声音它都听得清清楚楚，一有响声它就叫起来。姥爷听到狗叫，立刻就进屋来，把狗从洪扎床下撵了出来，呵斥它："进院子里去，把家看好！"朋吉雅不

情愿走，可它只得听姥爷的，又对四周看了看，轻轻磨了几下牙，但是没有办法，它只得离开洪扎的房间。

"去，把院子看牢！院子，才是你待的地方！"姥爷说着，把洪扎睡的房间环视了一遍。

姥爷发现有一双猫眼在柜顶上发亮。猫看不见，可猫眼像两盏小灯哩。它忘记闭上眼睛，它的眼睛把自己暴露了。

"你应该到顶楼去！那里才是你该在的地方！"姥爷严厉地对猫下命令，站着，直看见猫确实已经走出去，才离开洪扎的房间。

可猫不愿意走出去，姥爷有啥办法？它无声地跳下来，"吱溜"从门后溜了出去，沿楼梯上到了顶楼。"喵呜喵呜"，它在顶楼委屈地叫唤个不停，可是没人听见。

姥爷看了一眼洪扎。他见洪扎已经闭上了眼睛，呼吸声又平静又均匀，以为他睡着了。于是姥爷轻轻地走了出去。好一阵子，洪扎听见厨房里有什么细小的声音传来，可随后也就安静了。

但是洪扎没有睡着。他懊悔自己没有请求姥爷让朋吉雅和猫留在他的房间里。他又睁开眼睛，比刚才更难受了。想想既没有朋吉雅，也没有猫！他得一个人在这黑乎乎的房间里躺着！

洪扎回想起爸爸和妈妈。直到此时，他才感觉他是多么爱他们！为了妈妈和爸爸能待在自己身边，他什么都愿意听、愿意做、愿意给！这不，妈妈是这样慈爱和温柔！一切都为洪扎调理得好好的，只要他叫一声"妈妈"，妈妈就赶忙跑过来问他想要什么。而现在，妈妈离他这么遥远，

在布拉格，而洪扎却在远离布拉格的乡村！洪扎感到孤孤单单的、空空落落的，他轻轻呼唤起妈妈来："妈妈！妈妈！好妈妈！"

但是妈妈听不到，来不到他身边。妈妈没有来，进来的是姥姥。姥姥年纪大了，总是一有动静她就能听见，就醒。洪扎叫妈妈的小小声音，她也听见了。姥姥来到他床边，轻轻柔柔地问洪扎："小洪扎，什么让你睡不着呀？"

"我睡着呢，姥姥！"洪扎轻轻回答。

"要不你到有亮的地方去睡？厨房那里亮着灯呢！"姥姥柔声问。

"不用。"洪扎不想去那里。

"在那里，你很快就能睡着的。"姥姥劝他。

"我说不嘛。"洪扎就是不肯去厨房那边睡，"我睡这里很好。"

洪扎不肯到厨房里去睡，是为的不让姥爷以为他怕黑！

"玻璃球在身边吧？"姥姥问。

"在呢。"洪扎知道玻璃球在自己手里。

姥姥走出去了。洪扎觉得自己不太难过了。朋吉雅在窗下吠叫。洪扎捏了捏玻璃球，想起今天白天放风筝的事。他一会儿想这一会儿想那，想着想着就睡着了。

放风筝的事，在他梦里一幕幕映现着。他梦见他在辽阔无边的田野上，拽着风筝线，线的上面一端，风筝在高空中不停地摆荡。显然，风筝自己也很得意哩。

万不料，可怕的一幕发生了。风筝的尾巴断了。风筝忽上忽下地飘

呀飘呀，飘向望不到边的天空，起先它还像一条蚯蚓似的弯弯扭扭蠕动，后来越飘越小，最后消失得无影无踪了，望着刚才还在蓝蓝的天空中自在飘飞的风筝，现在什么也没有了，只见疾风吹卷的云在那里滚滚翻腾。风筝一头栽下来，直落到地面。风筝没有了尾巴，就飞不起来了呀！

洪扎开始只是抽泣着，后来就放声哭了起来。它哭醒了，脸上满是泪水。

姥姥和姥爷赶紧跑进来，跑到洪扎的床边，开亮灯。洪扎被灯光照得一时睁不开眼睛。他用手背揉着眼睛，边揉边哭，"呜呜呜，呜呜呜"。

"我要风筝尾巴！"他大声说。

姥姥和姥爷相互对看了一阵子。

"孩子要什么呀？"姥爷大声说。

"听不懂他说的。"姥姥眼看着哭个不停的外孙。她可着急了。

"我要风筝尾巴！"洪扎抽抽搭搭地说。

"什么样的尾巴呀，什么样的风筝呀？"姥爷很懵懂，莫名其妙地问。

"他说梦话吧。"姥姥想，梦话才这样让人听不懂。她摸了摸洪扎的额头。

额头倒是凉的，没烧，孩子没病呢。

"我们没有风筝尾巴，洪扎。"姥爷说。

听姥爷这么一说，洪扎醒了。他睁开眼睛，认出了姥爷，再看一眼姥姥，也认出姥姥来了。他看清了盖在自己身上的被子，捏了捏拳头，他手里拿的的确是玻璃球，而不是风筝线。现在洪扎明白，刚才发生了

什么。

"我放风筝哩，"他向姥爷解释，"突然风筝尾巴断了，风筝飞跑了，

越飞越远，越飞越远……"洪扎继续抽泣着说，不过他很快就笑了。

"飞跑了。"姥爷轻柔地抚摸着外孙的头说。

"你这是在做梦啊，"姥姥轻声说，一下一下温柔地捋着外孙的头发。

洪扎感觉好受多了，姥姥的爱抚和妈妈的一样。

"我想睡了。"洪扎说。

他说着，真的就闭上了眼睛。

"睡吧，睡吧，我的孩子，睡吧。"姥姥小声说，说完，关了灯。

姥爷轻轻走进了厨房。姥姥却留下来陪着洪扎。姥姥看洪扎真的睡着了，才走开。洪扎睡得很香，什么梦也没有做。

猪 王 子

洪扎一大早就和姥爷到养猪场去了。才一打开养猪场的篱笆门，他

就看见几排木房，当中的一排木房里传来了猪崽的尖叫声。

"咱们走过去看，洪扎！"姥爷微笑着说，"我给你看咱们的猪王子。"

"王子？"洪扎听不懂姥爷说的意思。

在猪圈里还住着王子？

姥爷走到一个猪圈前，打开门，从里头跑出来一只小猪。它比姥姥的矮椅子还矮小些。

它低着个脑袋，头上有几条黑色斑纹，尾巴像一条粗绳子。小猪凑过来，挨着姥爷的靴子直哼哼，接着跑过来闻洪扎的鞋子，这鞋子的气味它也很喜欢。洪扎拉起它的大耳朵。小猪像拱烂草堆似的推着洪扎。

"这就是猪王子！"洪扎笑起来。

"好玩吗？"姥爷微笑着问。

"姥爷，这样的猪王子你有多少啊？"

"猪王子只有一只，其他的都是普通的小猪了。猪王子整天围着我转，你瞧，我要是梳它的背，他就会立刻朝一边躺下去。"

姥爷抚摸它的背脊，它马上就躺下，伸直四条腿，两只小眼睛对着姥爷看。

"谁都喜欢猪王子，逗它玩。"姥爷说。

"我带它回布拉格的家里去，"洪扎说出了他的想法，"我让它躺在厨房的角落里……"

"那样，你妈妈少不得要揍你！"姥爷说着笑了起来，"走，咱们去看看我们的猪。"

姥爷带着洪扎从这猪圈到另一个猪圈，这里的猪很多很多。第一个猪圈里的猪小些，第二个猪圈里的猪大些，第三个猪圈里，跑来跑去的都是些大猪、肥猪，它们的耳朵都耷拉下来，一只只不停地轻轻打着哼哼。洪扎看着心里有些害怕。

"这不折不扣是一头头大象了！"洪扎不由得大声惊叹起来。

"可这不是大象，虽然它们的个头跟大象差不多。"姥爷说，"我们农庄拿它们去换物资，可以换好多呢！"

"换来的东西你得到了吗？"洪扎问。

"到年底，"姥爷笑着说，"每个社员都能分到很多。"

院子最里边的猪圈里躺着的都是母猪，每只母猪后面都跟着许多小猪仔。小猪的叫声"吱吱吱"格外刺耳，它们跟着母猪跑，猪妈妈跑哪里它们跟哪里，像小鸡紧紧跟着母鸡一般。他觉得小猪仔很可爱，姥爷

抱起一只递给洪扎抱。母猪却只是斜眼看了一下洪扎，看洪扎是不是虐待了小猪。

"到夏天，我们就把小猪仔从母猪这里挪到别个猪圈里去。"姥爷说，"让它们自己去呼吸新鲜空气。只有到冬天才关进封闭的猪圈。"

"它们晚上不怕冷吗？"洪扎关切地问。

"是冷，可这不要紧，猪仔们也得让它们锻炼锻炼，是吧。"姥爷说着走进了一幢木房子。

进了木板房，姥爷先把咩咩叫的山羊解开，放它出去——它急着要出去吃草了。山羊一出门就直奔朋吉雅，用它的尖角去跟狗打架。一只小猪尖叫着向姥爷跑过来。

"哎，你这是干吗？走开！"姥爷看见山羊用角去跟狗打架，就生气了，"别去拱狗呀！"

山羊听见姥爷生气的呵斥声，似乎有些委屈。它把头抬得高高的，不过还是走开了。它的尾巴翘立着，像一片白菜叶子。它一准是想，这事没完。不过山羊没记性。它自己跳起来去攀登畜圈的木屋顶了，它从那里爬上了石头墙。石头墙顶是它最喜欢去溜达的小道！它走到头又转身走，那里它可以攀吃到细嫩的树叶。有些树叶有甜味，有些树叶有酸味，有些树叶有苦味，当然山羊最喜欢吃长在高处的青草。山羊觉得自己能在这样的高墙顶上行走吃树叶、青草很了不起，它竖起背上的毛，尾巴得意地抖动着，像一面飘动的小旗子。姥爷抬头看见它爬这么高，就生气地呵斥着："下来！"他在院子的一头对着山羊喊。

山羊听得主人在呵斥它，就从石头墙的另一侧跳了下去。这墙真的太高了，它跳下去时，差点儿摔了个倒栽葱，不过还好，没什么事。山羊总是爱攀爬，它一定是又找到另一处可攀爬的地方了。

姥爷没再去留意，因为他知道山羊无论到哪里，它都会自己回来的，于是又带着洪扎去给猪喂食了。

山羊在公路上

运河边的草又多又甜，有的还香。山羊到运河边吃草，那样子总是很贪，吃着一棵，看着另一棵，又急着去闻第三棵。

一辆满载紫云英的车子在公路上疾驶，一些草从堆叠得高高的车上哗哗撒落下来。山羊看见路上有草，就跑过去追，结果追到了一捆甜如蜜糖的紫云英。

不料后面开过来一辆小轿车，见羊在公路上挡道，就"嘟嘟"尖叫起来。这是让前头的羊不要挡路。可是山羊倔着呢。对它来说，车是啥东西！开你的车去，羊就要在这里吃，就不挪窝。

轿车只得停下来，一个西装笔挺的男人从车里朝外倾身，伸出头来。另一边车门打开了，出来一个女人。这女人穿一件薄布料的花连衣裙。

"出什么事了？"男人问。

"山羊！你下来把它赶开。"女人回答。

男人一边摊开双臂，一边向山羊走去："喔嘘——喔嘘——喔嘘！"山羊抬头瞅了他一眼，挪了挪身，仍在路上吃草，吃得津津有味，它像

往地里扎了根儿似的，根本没有要走开的意思。

"它不肯走开呢！"男人说。

女人笑起来："你拽它的犄角，把它拖到一边去！"

"怎么弄呀……它死活不睬我呢，"男人为难地说，"只有等后面，看是不是有人来。"

一辆拖着两个大车厢的庞然大物驶过来了。这是拖拉机，上面有两个壮实的小伙子。

"出什么事啦？"他们叫着，"干吗在路中央挡道呀？我们急着赶路呢，我们没工夫在这里磨蹭！"

"山羊……"西装男人回答，"这里有一头羊，它死活不肯走开！"

俩小伙子从车上下来，走到山羊身边。他们一眼就看出这是亚努什大爷的羊！他们知道这头羊特别犟，它的犄角直直地竖立，人们都拿它没办法。当中的一个小伙子跑去对亚努什大爷说，羊挡在公路中央了，怎么赶也不挪窝。

"你们这样两个大汉子都对付不了它吗？"大爷说，"我让人去叫小洪扎来，他一来，山羊准会跟他走开！"

"哎，我这就来。"洪扎抬起头。他正帮姥爷安顿小猪仔哩。

"说是你能让羊跟你走？"姥爷问洪扎。

"我能。"洪扎回答。

他转身回家，在自己院子里折了一根槐树的枝儿来。大家在公路上都愣愣地看着山羊朝小男孩走过去。更叫大家目瞪口呆的是，孩子将槐

树枝儿往山羊嘴边拨弄了一下，山羊就全忘了路上的紫云英，去嗅那槐树枝了。它伸舌头扯了几片槐树叶子，随即就乖乖跟洪扎扛着的树枝走了。洪扎在前头走，山羊在他后面跟着。

槐树叶子很对山羊的胃口。叶子进它嘴就瞬间化了。一分钟不到，人们又可以继续赶路了。西装男人和连衣裙女人坐进了轿车，车一下开走了；拖拉机上下来的小伙子们也回到自己的位置上。很快，宽阔的公路上就又什么阻拦都没有了。

洪扎把山羊引回圈后，姥爷对贪馋的山羊妨碍交通的事狠狠训斥了一通。山羊在姥爷面前低着头，一动不动地听着。它似乎是在说，它以后再也不胡闹了。但是姥爷对山羊发这一通脾气，倒是把猪王子吓坏了。它绕着姥爷转起圈来，这又把山羊激怒了，它有些嫉妒猪王子。山羊低下头向猪王子冲过去，要跟猪王子干上一架，把猪王子挑上自己的尖角。猪王子"吱吱"惊叫，跑到洪扎身后去躲起来。

"你疯啦？"姥爷斥责说，"我教训了你，你倒是什么也没听进去，还是老样子！到柱子下面去站好，我得好好揍你一顿，叫你长点记性！"

山羊低着头，乖乖走到柱子下面，姥爷挥动拳头威胁了它几下，山羊一动也不敢动。姥爷顺顺当当地把它拴在了柱子上。

姥爷和孩子回家后，洪扎鼓足勇气对姥爷说："姥爷，长大以后，我也来喂猪。那样，我也会有我的山羊和猪王子。跟它们在一起，我会天天都很开心的！"

洪扎去吃午饭

姥姥让洪扎到食堂去打午饭。姥姥给洪扎一个篮子，里面放一个罐子，装汤，一个大盆子，装油煎薄饼。姥姥吩咐他，打到就马上回来，别耽搁。

洪扎按姥姥吩咐去了公共食堂。到庭院门口，朋吉雅就要跟洪扎一同去，于是他们就一同去了。洪扎按规矩在厨房门口排队，他想着自己人矮，厨房里的人可能看不见他，他怕在门口等他的朋吉雅等急了。

等轮到他打饭时，他说："今天我们三个人，三份。"说完，他把罐和盆递进小窗口去。

一只手伸出来接过他的罐和盆。窗口有一个脸蛋红扑扑的妇人，满脸堆笑地朝洪扎看了看说："这是洪扎吧？"

"是呀，是我！"洪扎回答。

"今天怎么不是你姥爷来打？"

"他忙着修篱笆墙。"

"那咋不是你姥姥来打呢？"

"她在家里忙收拾、料理呢，明儿个我妈妈要来。这会儿她正忙着拖地。"

"啊，所以就你一个人来了！那明儿个就要打四份了。"那妇人笑起来，说着把装了汤的罐子递给洪扎——好沉呢！

篮子很沉。可这难不倒他。他侧着身子，提上篮子，带上朋吉雅，一步一步往外走。在村子中央一棵菩提树旁，他站下来稍稍歇口气，也

还因为，他看见菩提树下蹲着一个男孩，低垂着脑袋。洪扎仔细一打量，原来这是雀斑脸费尔达，他往洞里扔玻璃球哩。

"洪扎，来跟我一起玩玻璃球。"雀斑脸费尔达抬起头来说。

"我得送午饭回去。"洪扎拒绝了。

"瞧你说的！我不也是来打午饭的吗？"费尔达诱惑洪扎说。

"你跟谁玩儿呢？"

"跟你呀。"

这就奇怪了，洪扎怎么可能提着篮子玩玻璃球呢！洪扎疑惑地看着费尔达。

"你看什么？"费尔达笑了笑说，"你瞧着！我扔一颗给你看。"

费尔达麻利地扔了一颗玻璃球，一扔就扔进了洞里。"现在轮到你扔了。"费尔达说。

"我不玩！"洪扎没好声气地说，"只有小不点儿娃娃才玩这个。"

"你是怎么个玩法呀？"

"不是，不是这样。"

"那你玩给我瞧瞧。"

洪扎心动了，看看篮子，看看费尔达。他晓得姥姥在等他打回饭去，可他不能容忍费尔达把他看孬了，以为他一个布拉格的男孩玩玻璃球玩不出新花样来。所以他就让狗看住装午饭的篮子，自己跑到洞边，从衣袋里掏出五彩玻璃球——就是他天天捏在手里玩的这个五彩玻璃球——玩给费尔达看。

"噢，你的玻璃球好漂亮啊！"费尔达惊叹说。

"只是漂亮吗？"洪扎自豪地说，"你倒是看它怎么溜溜地滚！"

五彩玻璃球真的如洪扎所说，溜溜地滚，滚得比泥球要溜一百倍，虽然泥球费尔达袋里有三个，但一百个泥球也抵不了一个彩色玻璃球呀。

他们玩的时候，朋吉雅看着装午餐的篮子。

篮子里的油饼是狗餐中从未曾有过的。

它目不转睛地看着盆子里的油饼。

这油饼的香味对它发散着强烈的诱惑力，太叫它动心了。但是朋吉雅不是一只很守规矩的狗。它真对抗不住这油饼香味的诱惑，可它是不能去碰一碰的。所以，为了减少油饼对它强烈的诱惑，它高高昂起头，不去看篮子里的油饼，也不闻令它垂涎的油饼香味。可是，不行，它抗不住。油饼的香味阵阵扑向它的鼻孔，而且觉得越来越香了。它的涎水从两边嘴角滴滴答答淌下来。不把头往篮子里伸，不去吃油饼，它实在做不到。它张大嘴巴，伸出舌头。可是它克制着，这样一来，油饼香味虽然依旧在撩拨它的馋劲儿，但比刚才要减弱些了。

正在这时，洪扎玩玻璃球连连败局。费尔达赢了，五彩玻璃球总是不给洪扎争气。费尔达一把抓起他的玻璃球，撒腿就跑。一会儿，费尔达已回到自己的家了。

等洪扎回过神来，他心爱的、所有男孩都羡慕的玻璃球已经没有了。

洪扎跑去追费尔达，费尔达已经没影儿了，那么午餐呢——姥姥等着的午餐呢，他也没有拿！

他向狗走过去。狗汪汪吠叫着迎接他。朋吉雅为自己没动那油饼而高兴。

"哎，朋吉雅，你告诉我，"洪扎祈求地对狗说，"迷人的玻璃球没了不说，那么午餐呢，午餐也没有了吗？"

狗直绕着洪扎的身子转圈，叫的声音越来越响。它大概对自己的好伙伴这样说："别难过，小洪扎！你的玻璃球还会回来的，你的午饭呢？姥姥已经把你打的汤煮烫了，油饼嘛，就吃凉的吧，不过我非常非常想要尝尝它的味道——太想了！"

洪扎的玻璃球回来了

吃过午饭，姥姥和姥爷要到地里去干一阵活儿，他们把洪扎也给带上了。他们是去收获地里的黄瓜。

洪扎紧紧跟在姥爷身后，他的眼睛亮，看姥爷有没有收漏了的黄瓜。

洪扎每见到姥爷收漏的黄瓜，就大声说："噢，这里还有一个！"洪扎说着，把摘下的黄瓜举到头顶，"多大的黄瓜呀！"

"老头，你今天带来个帮手可能干呢！"

"是呀，洪扎的眼睛比我的亮！"

随后，洪扎又去看姥姥摘的那一垄。开始他没发现有漏的，可查着查着，还是在一张大黄瓜叶底下发现了一个样子好看的黄肚皮青黄瓜。

"找到了一个！"洪扎叫起来，"一个黄瓜躲过了姥姥的眼睛，是我发现的！"

"给我看，洪扎！"姥姥说着就看洪扎手里的黄瓜，"我怎么没见它哩！你在哪里发现的？"

"这里，叶子底下，"他指了指那片大叶子，"它躲在叶子底下，你看不见它。"

"确实，洪扎的眼睛比我们两个都亮。"姥姥说着，赞赏地看了看洪扎。

姥爷抿着嘴笑。他笑的是，姥姥自己以为眼睛比他好，可也总不及洪扎的亮。

菜园里来了一帮孩子。洪扎就不再有心找黄瓜了，他定定地看着进来的陌生小朋友。

"这是学生，"姥爷说，"斯托拉士老师带着他们。"

姥姥说："他们也有菜种这儿。"

洪扎看到学生中有维克托，他认识。他还看见了小个儿的小姑娘泰莱斯卡。

那站在篱笆墙边的是谁？不是费尔达吗？洪扎的脸"刷"一下涨红了，嘴呆呆地张着。就是这个费尔达，今天从他手里赢去了他心爱的玻璃球！

　　洪扎不知道怎么办。他没脸见费尔达——他也没对谁说过他输掉玻璃球的事。不过他很想把玻璃球要回来。

　　姥姥看洪扎眼睛一眨不眨地看着小学生们，知道洪扎很想过去跟他们说说话。

　　"去，洪扎，去跟他们玩玩，"姥姥鼓励说，"去，不用怕！"

　　洪扎迟迟疑疑，一步一步慢慢向小学生走去。他不敢一下过去同他们打招呼。要知道，他们是正儿八经的小学生呀。他更怕他们的老师。他在布拉格学校见的老师不是这样的。那里的女老师很漂亮，很快活的，而这个斯托拉士嘴唇上往两边撇着胡子，看上去很不好说话的。

　　"泰莱斯卡还认得出我吗？"洪扎心里琢磨着，向小学生走过去，"要是她认不出我，我就自己坐路边一个人玩。"

　　不料泰莱斯卡一眼就认出了洪扎。泰莱斯卡刚一认出他的时候，小脸蛋上一下子就漾满了兴奋，快步向洪扎跑过来。

　　"洪扎！"她大声对洪扎打招呼。

　　"姥爷和姥姥带我来摘黄瓜。"说着，他用手指了指他的姥爷和姥姥。

　　"听说你输了玻璃球，有这事吗？"泰莱斯卡同情地问。

　　"什么玻璃球？"洪扎心头一怔，立刻警觉起来。

　　"玻璃球，彩色的，很好看的！"

　　"费尔达从我这儿拿去的！"洪扎生气地说，"我们玩着呢，费尔达把它给拿走了……朋吉雅在我们身边，给我看着油饼……费尔达就自个儿跑掉了，那漂亮的玻璃球是我的！"

"我也不是马上信他说的！"泰莱斯卡说，"他拿它在学校里到处张扬，喜滋滋地夸耀他是从洪扎手里赢来的！"

"是啊，说'赢'……怎么说呢，反正他拿起我的玻璃球就跑掉了！"

"等等，"泰莱斯卡小声说，"他是说你跟他玩来着，我把这一切都对维克托说了。"

洪扎坐在路上，捡了三块木片，又拾了几块石片，搭起了一幢小屋。他边搭边用眼睛看学生们都在做些什么。

那边，泰莱斯卡低声跟维克托以及另一个个子大些的男生说话。年纪小些的娃娃在摘西红柿，一个一个往篮子里放。

不一会儿，维克托和那个大些的男生跑到正在拔白菜的费尔达身边。洪扎看见两个男生帮他拔，边拔边交谈。

这时在洪扎造起来的小屋子里爬进了一只蚂蚁。洪扎一见，就要帮蚂蚁爬出他的小屋子。但是，蚂蚁并没有明白洪扎的好意，所以洪扎只好打开小屋子的门，这时蚂蚁才爬了出来。

当洪扎抬起头，才看见他面前站着维克托，他摊开的手掌上亮着一颗鲜丽的玻璃球。

"瞧，这是你的玻璃球。"维克托轻声对洪扎说。

"维克托！"洪扎满脸喜色，一下拿过玻璃球，立刻装进自己口袋里。

"走，和我们一起！"维克托唤他去和他们一起干活，"你来帮我们，一同来采摘西红柿。"

洪扎非常乐意和他们一起干活，他一高兴就觉得浑身是劲。谁都知

道，西红柿红彤彤的，样子很好看！他小心翼翼地从枝条上摘下，轻轻地一个接一个往篮子里放。洪扎发觉，斯托拉士老师就和他紧挨着。斯托拉士老师向洪扎问到他的姥爷，说他干活很麻利、很能干、很出色，他还请洪扎到学校里去看看。他当然很高兴，一口就答应了。这样一来，洪扎干活也更来劲了，动作也更快了。洪扎觉得老师并不像他想象的那样不好说话。他跟洪扎说话和颜悦色，一点儿架子也没有，说的话他也都懂，他笑起来的样子跟他的姥爷一样一样的。

"维克托，我明儿个到你们学校里去。"洪扎愉快地说。

"来吧！"男生们都笑着欢迎他。

"我也会像你们这样，有一天能戴上红领巾吗？"

"会的。"维克托点头说。

"泰莱斯卡你也会吗？"

"泰莱斯卡当然也会的。"

"那么，费尔达呢？"洪扎试探着问。

"还不知道能不能呢。得考虑考虑。"女孩子们说。

他们摘了满满一篮子西红柿带回去。

在学校里

第二天，洪扎仔细洗过脸和手，穿上从布拉格带来的衬衣，真的要到学校里去了。姥姥想要送他，但是洪扎要自己一个人去。因为村里只有一个学校，他完全可以自己找去。朋吉雅也想跟着去，但是洪扎对它说，

学校是只许孩子进去的，那里也没有狗蹲的座位——学校里是不会为狗准备桌椅的。洪扎挺着胸、迈着大步走着。他毫不犹豫地推开了学校的门，走进了一道光线暗淡的走廊。他的心不由得收紧了。他动摇了——向前走还是往后退。还有，要是老师不记得他了呢？要是他忽然被赶出来呢？不过，最后洪扎还是鼓足勇气，握紧了门的扶手。

洪扎想多了，斯托拉士老师并没有忘记洪扎。斯托拉士开了门，一眼看见了洪扎恐慌的脸，就走上前来，一把拉住他的手，让他坐在靠门口的一张椅子上。

洪扎在这里看见了许多孩子的脸，每张脸都笑吟吟的，可是他并不曾见过他们。

"坐呀，"老师说，"你坐下听我讲。"

洪扎坐下，四下里看教室。他的前面有一张小桌子，桌子后有两块黑板。一块板上挂着一张画，画上画着一只大猫：毛色是灰亮灰亮的，胡子又粗又长，它直对着洪扎看，那活灵活现的样子，像是要从画上跳下来走到他身边。

"洪扎！"一个小小的声音从身后传来。

洪扎不知道是不是可以转身去看，看是谁这么小声儿叫他的名字。他想，学校里是不可以乱转乱看的。

"洪扎！"同样的声音又从不远处传进了他的耳朵。

怎么办？他的目光从猫画上转向窗口。窗口放着一盆花。这时他已经看见了一个邻居的孩子。那孩子身旁站着费尔达。

洪扎不禁微微一哆嗦。

费尔达看着洪扎,眼睛里没有丝毫恶意。他的眼睛亮亮的,雀斑脸颊上堆满了笑。

"我早都来上学了。"费尔达低声说。

其实他来学校上学才一个星期,不过他自己觉得已经很久了。

洪扎想对他说,他在布拉格也已经上学了。可这时老师用指示棒敲响了桌子。这就是说,大家要专心听讲。

洪扎懂这规矩。

他赶紧把眼睛转向前面的黑板。

老师用指示棒点着讲这只图画上的大灰猫。老师说它很聪明,在黑暗中能清楚地看见东西,还会把锋利的爪子藏到肚子底下。洪扎听得津津有味。后来老师问大家家里都有什么样的猫。孩子们就大声说起来。因为猫各家都有,而且他们都爱跟猫玩。

"各家的猫有什么不一样的地方?"洪扎想,"姥爷姥姥家也有猫,两只眼睛像两个亮着的灯泡。"

"可惜,我们只有画上的这只猫,"老师说,"最好,能有一只真猫、活猫就好了。"

"我带来!我跑回家去抱来!我们家的猫非常非常好看!"孩子们一齐大声说。

大家都蹦得高高的,边蹦边举手。谁都想马上回家去把自家的猫抱到学校里来。洪扎已经记不得自己第一次上学时的情景,想了想,也举

起手，大声说："我们家有一只黑猫。"

老师听到了他的声音，笑眯眯地走到孩子身边，抚摸了一下他的头。

"你去把你们家的猫抱来。"他说。

洪扎一下蹦起身，跑回家去抱猫。他连家门都不用进，猫就蹲在门槛上。洪扎抱起它，搂在怀里，飞也似的往学校跑。猫转着头，脚垂向地面，它想跑掉，但是洪扎把它搂得紧紧的。

教室里所有孩子都站起来，都想尽早看到洪扎的猫。大家都在想，好了，现在学校里有活猫了。这种事还是第一次哩。是啊，学校里有猫，有狗，有奶牛，不过全是画上画的。它们天天在墙壁上看着孩子们，就是一动不动。忽然，教室里有一只黑猫了。它闻了闻门，打了个喷嚏，接着就在教室里跑起来，尾巴旗杆似的高高翘着。

"洪扎，它有几条腿呀？"斯托拉士老师指着猫问。

洪扎站起来，想要回答老师：四条！这是一看就知道的。而且他还知道，所有的猫都是四条腿的。

可是费尔达却偏偏叫着："五条！"

洪扎一下拿不定主意，不知该怎么回答了。也说不定猫有五条腿？可能，费尔达年纪比他大，知道得多，不是说，他早都到学校里来了吗？

"五条！"洪扎回答得很响亮，大家都能听见。

"五条！"全体孩子都高兴地叫起来。

教室里一时响起这么大的声音，连房子都差点儿震塌了。

猫被孩子们的叫声一吓，就蹦出了窗户。洪扎的眼睛追着猫看，他看到猫钻进了甜菜地里，躲起来，看不见了。

"你回答多少？"老师等大家都静下来，问洪扎，"五条腿？"

没等洪扎开口，费尔达蹦起来，很快就说："洪扎把尾巴也数进去了。"

孩子们又齐声大笑起来。洪扎的心思乱极了，只呆坐在位子上。除了心思乱，他还担心猫跑哪儿去了。他忽然想起，猫会迷路，会找不到回家的路。可千万不能发生这样的事啊！洪扎可爱猫了，他不由自主地流下眼泪来。泪珠成串成串地从脸颊上滚落下来，一滴接一滴落在课桌上。洪扎"哇"一声哭起来。

"你怎么啦？"老师问。

"要是忽然它找不到回家的路，可怎么好？"洪扎一边流泪一边说。

"那你就去找猫吧，"老师说着又抚摸了一下他的头，"费尔达，你跟着洪扎去。"

两个孩子跳起来，向门口跑去。

所有的孩子都看着他们跑出去，他们都非常羡慕——洪扎和费尔达去追活猫，而他们还得守着画上这只不会动的猫。

洪扎和费尔达跑出教室后，在教室里坐着的孩子已经没法平静了，他们的心思早都跟着洪扎和费尔达跑出教室了，跑去一起追猫、一起逮猫了。

到林子里去逮猫

洪扎和费尔达先是在学校后面的甜菜地里找猫。但是甜菜地太大太宽了，每张叶子下面他们都去翻翻看看。洪扎的腿很快就耐不住了，疼了，他一个劲儿埋怨费尔达。说这都是因为费尔达的错，都是因为费尔达想出来的五条腿，让黑猫害怕了。

接着，两个孩子到相邻的土豆地去找。土豆地里找猫不用每张叶子都去翻一遍。两个孩子惊起了一群鹧鸪，费尔达就盯上它们，他一边伸手去抓，一边叫。可是谁也没抓住鹧鸪，鹧鸪飞飞停停，停停飞飞。猛地，从洪扎脚下又蹿起来一只兔子，很大。洪扎和兔子都吓了一大跳。但是兔子很快就明白过来，一纵一跳地快快跑开了。洪扎撒腿去追，结果叫土豆茎叶绊了一跤，摔倒了。

"你看你追兔子，不也想长上四条腿吧？"费尔达笑起来。

洪扎没有接话。他跌的这一跤，膝盖破了皮，脸还让土豆叶子挂疼了，他更生费尔达的气了，这雀斑脸费尔达一而再再而三地欺辱他，现在竟还在他跌跤时笑话他。

"怎么，你抓住猫啦？"费尔达又放肆地笑起来。

这太过分了。洪扎火从心起。他转过身，冲过几垄土豆地，上前一把揪住费尔达的双肩，又推又搡，还猛烈地摇晃着，把他推倒了。

"我给你玻璃球！"洪扎大叫着。

"留着你的玻璃球吧！你放开我！"费尔达从牙缝里挤出他的吼叫声。他想从洪扎的双手挣开，可是做不到——洪扎抓得太紧了。

"我让你看五条腿！"洪扎边嚷嚷，边用拳头猛捶费尔达。

"放开我！我跟你说！"费尔达气喘吁吁地说。

洪扎气消了些，他甚至有点儿可怜费尔达了。他放开费尔达，自己站起来。费尔达也一下从地上跳起来。洪扎擦掉眼泪，把裤子往上提了提。

"你要告诉我什么？"洪扎问。

洪扎的嗓子还颤抖着。

"这猫，得进树林去找。"

"进树林？"洪扎惊讶地问。

"是的，只有那里才能找到！"费尔达用手指了指村里平常放马的树林。

这片林子不大，树都长在一片山坡上。林子虽小，可藏藏猫是足够了。

"好吧，那就去林子里找。"洪扎同意了，并且说去就去。

洪扎本来就很想进树林去看看。他还从来没进过树林呢。

"你不会再跟我打架了吧？"费尔达心有余悸地问。

"不了。"洪扎走出坑底说。

他干吗还要跟费尔达打架呢？洪扎觉得，费尔达欠他的，土豆地里已经算清了。

两个男孩向树林走去。太阳在他们头顶亮亮地照耀，几朵白云轻轻地飘在明朗的天空中。路边上，蒲公英花开得鲜艳，草丛中蚂蚱蹦跳着。孩子的走动声惊动了一只躲在草棵里的鼬鼠，个头大得惊人的猛禽在高空盘旋，一路跟着他们。

　　林子很好看。洪扎伸手去抚摸柔柔茸茸的青苔。费尔达折了两根树枝。他们想把猫吓出来，所以他边走边击打树干。但是猫没有露面。要不，它已经下坡去了，要不，它没到树林里来。

　　两个孩子穿过一片针叶林，接着走进了山毛榉树林。这里满地都是枯叶，他们的脚踩上去就发出"窸窸窣窣"的声音。洪扎和费尔达已经忘了他们是来找猫的。他们看见一只松鼠，就撒腿去追。但是松鼠"吱溜"一下，一闪身就蹿开了，稳稳地从一棵树跳到另一棵树。费尔达会爬树，就爬上了山毛榉，可松鼠蹿到了高高的树梢，当费尔达觉得马上就能逮到它的时候松鼠却像一顶小绒帽，远远一个纵跳，飞上了空中，在旁边一棵山毛榉树枝上稳稳落下脚来。

　　"洪扎，你看见这松鼠了吧？爬树多快，一眨眼，到那边儿去了！"费尔达大声说。

　　洪扎的眼睛一直追着跳跃的松鼠。他太想逮住这小家伙了！让洪扎感到高兴的是，山毛榉的树枝垂得很低，洪扎跳起来就能把树枝拽下来，拽得差不多能逮到松鼠了。松鼠的眼珠骨碌骨碌地对着洪扎看，仿佛是等着洪扎向它伸过手去。但是，忽然，它四爪在树枝上蹬了几蹬，就一跃飞身到了另一根树枝上，接着又在那一根高高的树枝上对着洪扎看。然后定定地停在那里，像是等着洪扎去追它，它摇晃着脑袋，看洪扎接着有什么动作。洪扎很想爬上去追它。洪扎真的爬上树去，他欢喜得浑身都抖动起来，但是松鼠刹那间就跳到了另一根树枝上，洪扎很快发现，自己的努力全是白搭，还被挂破了裤子。最后，洪扎终于明白过来：这

松鼠他是休想逮到的——它
太机灵、太敏捷了。洪扎小
心翼翼地从树上一点一点地
滑下来，到地上，他才四下
里找费尔达。

"费尔达，你在哪里？"
他高声连续呼叫费尔达。

但是，听不到费尔达的回应。

"你躲在哪里？快出来！"他继续叫费尔
达。

可是仍是什么回应也没有。费尔达没有找
到，洪扎想，雀斑脸费尔达肯定是在树林里迷路
了。

"该回家了，"洪扎心里想，"但是我不能自个儿回家，我不能把费尔
达一个人丢在树林里！"

洪扎的记性很好，它清楚记得进树林的路，所以相信自己能顺利
回到家里。这里不是有一片山毛榉树林吗？随后穿过针叶树林，也该
没有困难；再接着就是走过一条小路，那里就能望见姥爷和姥姥住的村
子——孔尼克韦茨了。不过洪扎觉得不该自己一个人走出树林。洪扎不
再记得费尔达曾经多次欺辱过自己，决定要和费尔达一起走出树林，一
同回家去。他无论如何不能在找到费尔达前，自己一个人回家去。

于是，洪扎一边在山毛榉树林里呼唤费尔达的名字，一边四处寻找。他忽然担心起来：这雀斑脸费尔达会不会出什么事啊？

跟着洪扎走

费尔达是故意一个人从树林里跑掉的，其实他是存心把洪扎一个人留在树林里的。他想吓吓洪扎。另外，费尔达想：要是洪扎一个人回家晚了，姥爷和姥姥就会责打他。他就巴望着洪扎挨揍。

他一路跑回到孔尼克韦茨村。他潜着身子，猫起腰，穿过果园、穿过菜园，这样可以让洪扎看不见他。他躲进了一个院子，在这里，他遇见了泰莱斯卡。泰莱斯卡的眼睛比谁都尖。她今天提前回家，心想，她该去把两个孩子找到才好。

"费尔达！"泰莱斯卡大声喊叫。

今天，费尔达全没想到在这里会被泰莱斯卡看见，不由得猛一哆嗦，但是要跑掉已经晚了。

"你要干什么？"费尔达一边问，一边绕开一丛荨麻。

"洪扎在哪里？"

"洪扎在哪里，我怎么知道？"费尔达装出一副心境平静的样子，像是什么事都没有做过似的，只管自己回家了。

然而，泰莱斯卡就不放过他。她像一阵旋风似的跑到费尔达前面，拦住了他的去路。

"你这就告诉我，洪扎在哪里？"泰莱斯卡盯着他问。

"在树林里。"费尔达结结巴巴地嗫嚅着回答。

"为什么你把他一个人扔在树林里？"

"他自己去追松鼠了，他自己忘记回家了！"

"说实话！今天你不说实话，全校就不会有一个人再理你了！"泰莱斯卡要费尔达说出洪扎现在在哪里。

"洪扎打了我，我就自己一个人回家了。"费尔达把实情说出来。

但是泰莱斯卡这时已经不愿意把他的话听下去了。她转身就跑到学校里去，把孩子被扔在树林里的事告诉大家。斯托拉士老师一听，不禁大为震惊，原来费尔达竟如此恶劣！他怎么能把洪扎一个人留在陌生的树林里，自己偷偷跑掉呢？年纪大些的孩子个个都震怒了。他们本来是上课要上到吃午饭的，不过现在不得不把上课的事停下来。全校所有的孩子都出动，都到树林里去找洪扎。帮助自己的同学从树林里走出来，他们觉得这是他们不容推卸的责任。维克托在头里走，紧跟在维克托身后的是泰莱斯卡——她深深为洪扎的安危着急。

孩子们一路跑步进了树林。泰莱斯卡不得不时不时地停下来喘口气，大家也就停下来等她。大家都喜欢这个小姑娘——尽管她来学校才几天。

针叶树林好走，孩子们很快就走过了。他们一路走一路喊洪扎的名字。但是什么回应也没有。树林里空荡荡的。只听见风吹树叶的沙沙声，偶尔也听得松鸡咕咕的叫声。孩子们走进了山毛榉树林。泰莱斯卡紧紧挨着维克托走。她觉得他是最有力的，是最聪明的。

走进山毛榉树林，他们不得不放缓脚步。这里丛林茂密，所以他们

搜寻得特别仔细。他们边走边喊洪扎的名字。但是他们没有找到洪扎。山毛榉丛林里什么人也没有。这里静得让人心跳——没有兔子跑动，没有林鸟啼唤，连松鼠也不知道躲哪儿去了。

可他们一定要找到洪扎。维克托和泰莱斯卡几乎是同时看到了洪扎。他仰卧在山毛榉丛林里的一堆黄叶上。他睡着了。他的两颊比平常更红，眉毛微微颤动着，一只脚钩着，一只手捏着一根树枝。

"洪扎！"泰莱斯卡大声喊。

"得赶快把他唤醒！"维克托说。

看到沉睡中的洪扎，大家都很高兴。他是这样的可爱，这样的可亲。好了，现在他们把洪扎找到了！这样幼小的孩子，走进这样茂密的丛林里，是很容易迷路的。

"洪扎，醒醒！"维克托大声喊他。

洪扎睁开眼，坐了起来。

"费尔达！"他迷迷糊糊地叫着。

孩子们都笑了。洪扎看了维克托一眼。

"不，你不是费尔达！"为了看得更清楚，他睁大了眼睛。

"当然，我不是费尔达。"维克托笑起来。

"你是维克托！"洪扎叫着，坐起身来。

他认出了泰莱斯卡和同他一起上课的孩子们。他庆幸自己又在同学们中间了。他拉住同学们的手——他们又在一起了。

"那么，费尔达在哪里？"洪扎又忽然记起了一同进树林的伙伴，他看着维克托，担心地问起费尔达。

"你不用为他担心了。"维克托对他说。

"费尔达已经在他自己的家里了！"泰莱斯卡说。

"今后你就别跟费尔达跑了！"一个戴红领巾的孩子说。

"他不值得你和他在一起。"另一个说。

"我还以为他迷路了呢！"洪扎惊讶地说，"我一直找他，找啊，找啊，后来就犯困了，就躺下了，就睡着了。"

从孔尼克韦茨村里传来呼唤洪扎的声音。这是姥姥叫洪扎回家吃午饭呢。孩子们互相看了一眼。现在是该吃午饭的时候了。大家什么也不说，就都回家了……洪扎跟在他们后面走着。他的肚子很饿，他的腿发软，他的膝盖发酸，他的裤子破了，他的脸擦伤了，他的头发七支八叉的，像一蓬秋草。

一句话，大家一眼就可以看出，他为了追到林子里的松鼠，浑身的劲儿都使出来了……

妈妈从布拉格来了

乡村的孩子全是到处跑。每个孩子都想按时回家。谁都知道的，哪一个妈妈都希望自己的孩子能在吃饭时来到餐桌边。

洪扎不按时回家吃午饭，姥姥会不高兴的。更让洪扎伤脑筋的是，他的裤子破了。他越到家门口越心神不宁，这裤子破了可怎么对姥姥说。洪扎迈的步子越来越慢。在院墙门口，他像个老鼠似的溜进了院子，不让谁瞧见。他轻轻踏上台阶，低头，猫腰，从窗下溜过，溜进了鸡棚底下一个黑黢黢的板棚里——只有在这里躲着，才不会让人看见他。屋子里传来一个什么东西倒下来的声音，他浑身哆嗦了一下。是姥爷吗？洪扎从板棚门边伸出头去窥探。但是他只见有一把梯子，那是人和鸡上到鸡圈时用的。他从板棚的一条缝隙里往外看，看外面有谁在做什么事。

起先什么声音也没有。黑猫从门缝钻出去，稳稳地在窄溜溜的院墙上走。

忽然听得一阵窸窣声，那是阁楼里的老鼠听见黑猫出动，赶快纷纷躲藏起来。

"瞧瞧，这猫，"洪扎想，"我在树林里找它，它倒是在院墙上走来走去哩。"

不一会儿，姥姥从屋里走出来，她看了看院子，看了看小菜园，站在院墙门口往外瞭望了一眼，就又回屋去了。洪扎看出来，姥姥是看看鸡窝里有蛋没有——姥姥最关心的就是鸡下蛋！洪扎想喊一声姥姥，告诉她："我在这里！"可是姥姥又回身进屋去了。院子里只有母鸡们在空

地上走过来踱过去，其余什么也没有。

有一只母鸡想沿梯子上到鸡窝里去。一准，它是要下蛋了吧？可是，忽然，它惊吓得高高飞起来，飞到门口。这是怎么回事？母鸡下蛋的地方，下方竟躲着个男孩！母鸡当然吓得咕嗒大叫了，边叫边展翅飞了下去，其他四只母鸡都围过来，它们也伸直脖子，咕嗒咕嗒惊叫起来，并且聚拢到了一起，挤作一团。

洪扎对鸡们的惊叫很是懊恼。他伸出头去，对着母鸡们"呵嘘呵嘘"地赶。鸡们倒是跑开了，却仍是继续咕嗒咕嗒地叫个不停。

院门开了，走进来的是姥爷。朋吉雅跟在姥爷后头进了院子。洪扎看见姥爷手里提着从食堂打回来的午餐。洪扎一下觉得饿坏了。他从早上到学校去，直到现在都没吃过一点儿东西了！再饿下去，他甚至就想啃吃头顶上站鸡的木头了。

朋吉雅瞅了瞅门里，随即便进了屋，不见了。姥爷也走进了屋。

朋吉雅从屋里走出来，站到了墙根土台上。它走到了洪扎躲着的板棚跟前。它挨着板棚坐下来，伸鼻子一个劲儿地嗅，好像闻到了它熟悉的人味儿。这时，洪扎按捺不住地叫起来："朋吉雅！"

狗竖起耳朵，纵身一跳，蹦到了板棚跟前。

洪扎伸出头去看，不禁笑起来。朋吉雅欢天喜地，跳起来，轻声地猎猎吠叫。它要沿梯子爬到鸡圈上去，但是狗腿太长，梯子的横档对狗来说太密，所以梯档总是绊它的脚，使它不能顺利爬上梯子去接近洪扎。洪扎看着朋吉雅不能上来，那么就只有洪扎下去了。这鸡圈下面确实是

又臭又黑，是个待着很不舒服的地方，他想赶快离开板棚。朋吉雅虽然到不了鸡圈，但它一直守在离鸡圈不远的地方，他不能背离洪扎自管自地走开去。洪扎决心走进家去，把今天的经过统统告诉姥爷和姥姥。他们正在焦急地等待他吃午饭啊。

他已经悄悄走到门口，这时，院门忽然打开。洪扎一眼看到了自己的妈妈走了进来。

他惊异得不知怎么是好，但是他随即就大叫着"妈妈"，飞身扑进了妈妈的怀里。

多么好啊！妈妈就在这里！洪扎紧紧抱着妈妈，抱得妈妈都喘不上气来了。他的妈妈——噢，金子也比不了的妈妈！

洪扎忘记了一切。今天发生的一切不愉快他全忘记了。他松开拉着妈妈的手，飞步跑进厨房里去，告诉姥爷和姥姥：他的妈妈来了。

姥爷和姥姥从餐桌边站起来，跑到门口去迎接他们从布拉格来的女儿。

"安涅奇卡！"姥姥嗓音发颤地呼喊，"你来了，太好了！"

"进来啊，亲爱的，快进来！"姥爷从女儿手里接过提包说。

"怎么样，小洪扎在你们这里挺好的吧？"妈妈的手指总是插在洪

扎蓬乱的头发里。

洪扎心里很紧张，不知道姥爷和姥姥会怎样对妈妈说。

今天的事，他可是不大好说呀！而且还没有谁看见他的裤子在树林里挂破了呢！

"还用说，洪扎，好着呢！"姥姥亲昵地回答。

"洪扎，棒着呢！"姥爷也热烈地说，"我们村学校里的小朋友都夸他哩，说来也就今天，他不该回来得这么晚。"

"难道小洪扎已经上学了吗？"妈妈觉得很奇怪。

"我自己到学校里去的。"洪扎解释，"教室头一排有个空位，我就坐那儿了。"

"明天我带你回布拉格去上学，爸爸也非常想念你了。"妈妈说着就跟着进了屋子。

"你就这么急着要走！"姥姥有些舍不得，轻轻埋怨说。

"姥爷，"洪扎又转回到他身边，"不是还有今天一个晚上吗……"

"那是，那是。"姥爷不住地点头，也走进了房间。

姥姥已经铺好了崭新的被单——这是姥姥为接待贵客准备的。

洪扎告别伙伴们

午饭后，姥爷到农庄大院去把马车赶来。马昂着头，竖着耳朵。姥爷一吆喝住马，朋吉雅就抢到赶马人的位置上坐定。它很喜欢到车站去，但是姥爷把它赶了下来，它不得不跳下来，可它就是不走开，一直围着

马车兜圈。接着，朋吉雅把在车轮旁的大猫赶开。猫到篱笆墙门的一根柱子上蹲着，看有没有机会上车跟到车站去。

过不多时，洪扎就跑来了，孔尼克韦茨村的孩子们见洪扎要上车回布拉格，就都跑过来跟他道别。

维克托给洪扎带来一条木头雕出来的小船，泰莱斯卡给洪扎带来了一个大梨。这大梨像是一个小面包。

洪扎把孩子们的礼物放在驾驶座上，自己往口袋里摸，看有什么可以回赠给伙伴们的，但是他什么也没有摸到。他口袋里只有一颗彩色玻璃球。

洪扎看了看维克托，又看了看泰莱斯卡——他应该把礼物给哪个呢？

就给他们两人，这样不好，总不能把玻璃球掰成两半吧！

"哪，泰莱斯卡，这玻璃球给你。"洪扎最后下决心说。

"不用给我，洪扎。"泰莱斯卡回应说。

她知道洪扎是多么喜欢他的玻璃球啊。

"拿着，拿着！我就只愿意给你！"洪扎说服泰莱斯卡接受他的礼物，"我下回再来时，我给维克托一颗。"

"谢谢！"维克托笑着说。

洪扎放眼往远处看，见一棵菩提树旁站着一个人。是谁呀——那样孤零零一个人站着，灰溜溜地看着洪扎和围在洪扎周围的小朋友们。

那是费尔达。洪扎同情他。

"费尔达！"洪扎大声喊，"过来呀！"

费尔达一下跑了过来。他怯生生地看了洪扎一眼，试着笑了笑，但总笑不出来。

"费尔达，"洪扎乐呵呵地说，"那只松鼠我都差一点儿……却让它跑掉了！"

"松鼠蹿得很快的。"费尔达接话说，他的眼睛里开始显出了光彩。

洪扎把泰莱斯卡给他的梨子递给了费尔达，还把小船也给了他。

费尔达的脸一下红了。

他把手伸进衣袋，掏出了一把小刀，递给小洪扎。

"这是你的小刀。"费尔达小声却诚恳地对洪扎说。

"费尔达，小刀你自个儿留着用。"洪扎不接，"我得到的礼物已经很多了！"

"我一定要给你！"费尔达说。

洪扎听出来，费尔达说这话的时候几乎要哭出来了。

"拿着，拿着，"维克托对洪扎说，"费尔达这是真心诚意要给你。是这样吧，费尔达？"

"是的。"费尔达点了点头。

于是，洪扎就接过了小刀，看了看，收进了衣袋里。洪扎虽然没有拿出小刀来看，却时时感觉到他的衣袋里装着一件最珍贵、最好看的礼物。

"费尔达，"维克托问，"你想不想跟我们一道到河边儿去玩？"

"想。"费尔达几乎叫出声来，这时，他才真的笑出来。

“你们都去河边儿玩，而我却要离开你们了！”洪扎叹息了一声。

确实是，瞧妈妈和姥姥已经向马车走去了。姥爷坐在驾驶马车的位子上，并且拿起了鞭子。姥姥抱起洪扎递给妈妈。

“现在我们又得天天想你了。”姥姥说。

“姥姥，”洪扎安慰姥姥说，“我还会来的，我不来，朋吉雅和猫也会生气的！”

姥姥来不及再往下说，姥爷就已经对马吆喝了一声，马车向前晃动了一下，走了。

朋吉雅汪汪叫起来，猫喵呜了一声，小伙伴们齐声说：“再见！”姥姥在那里抹眼泪，她太想自己的小外孙了。

不过，没有办法呀。洪扎得回他布拉格的家了。

亚当和奥特卡

1

门铃上方门牌上的名字是弗拉基米尔·苏克。没错,这是姑父的名字。错是没错,可亚当还是没有马上伸手去摁门铃,他的妹妹奥特卡也在一旁迟疑着。不能说是因为他们刚刚从乡下来到布拉格,所以总不免处处、事事心存胆怯。他们只是觉得做事不能太冒失——也许他们摁的不是姑姑住宅的门铃呢?看得出来,他们有些紧张,有些怅惘。他们从姑姑家住宅楼里退了出来,走到远处去仔细打量:他们面前排列的,一幢一幢,都一样是黄颜色的楼房,都是四层,这幢楼跟那幢楼看不出有什么不同。他们从下往上看,从墙脚看到楼顶,再从楼顶往上看,看到的天只有窄溜溜的一片——这么狭狭小小的一块天,太阳能挤得进来吗?云能挤得进来吗?晨雾能挤得进来吗?还有,雨能挤得进来吗?再说,住在这里的人能看得见风把云从四面八方吹集拢来,聚成一团乌云——知道天快要下雨了吗?

亚当和奥特卡头一次从一个遥远的乡村来到首都大城市布拉格。他们来的那个村子叫什么名儿来着？叫沃卡尼。村前有一条黑油油的公路，家家都有一个小院子，院子都紧挨着树林。树林后面是辽阔的田野，所以，从四面八方、从老远就能望见这个小小的村落。太阳呀、风呀，就终年住在亚当

和奥特卡家的院子里，一下雨，人在家里就能闻到雨水的气息，就能听到树林枝叶晃动的簌簌声。到树林里去捡来枯枝败叶，就能生火煮饭。在家里，他们得照看八个月大的小弟弟亚希马，喂自家院子里的鸡，饲养兔子。到外面，他们就纵情戏水，骑自行车，追小狗玩，翻越篱笆墙，爬树……天天都这样。如果有对手，彼此干上一架也是常有的事。可这里是布拉格，现在他们来到的是一座大城市，此刻，他们两眼一抹黑，一下全不知道该怎么办好了。

他们还得去摁门铃，得让姑姑扬娜·苏科娃知道，他们已经来到他们的家门口了。姑姑知道他们会在最近这几天乘火车来，不是今天就是明天，不是后天就是大后天。当然，他们这个时刻来到了姑姑家门口，这是姑姑想不到的。他们到布拉格来，自然不会带上亚希马，他们托隔壁邻居斯瓦波达爷爷照管一下他们的小弟弟，他们的爸爸妈妈从田间回来，就会去把他们的小弟弟抱回去。

　　亚当已经伸手去摁门铃了。奥特卡赶紧去把亚当的手挡开。奥特卡要亚当看看她是不是通身上下都整整洁洁，是不是有什么不妥帖的地方。乡下是乡下，那里脸、手、衣服干净不干净没多大关系，而布拉格是大城市，大城市里什么都得讲究，弄不好就会给布拉格人留下不好的印象。

　　"我看着不邋遢吧？"

　　"不邋遢。"亚当上上下下仔细瞅了一眼妹妹的连衣裙。

　　"能说得上十分整洁吗？"

　　"差不离吧。"

　　"像个学生吗？"

　　"还像吧。"

　　"瞅一眼就能看出我念书念得好？"

　　"谁也不会疑心你不会念书的。"

　　"那好，这我就放心了。"奥特卡说着，自己笑起来。

　　"你笑什么呀？"

　　"没什么。我就是心里乐。"

　　"乐什么？"

　　"我想到，我如今正儿八经是个小姑娘，我就乐了。"

　　亚当转过头去看妹妹。妹妹眯缝起眼睛，不停地晃动着脑袋，笑得那样灿烂，她准是在那里寻思：这会儿所有的布拉格人都在看着她这个小姑娘。

　　"干吗又不摁门铃了？"

"你看着，我去摁。"亚当回答。

亚当说着就伸手去摁门铃，一下，两下。

兄妹两人一会儿盯着门看，一会儿盯着近旁的窗户看。可屋里什么动静也没有，听不到里边有一点儿声响。他们的姑父弗拉基米尔·苏克看来是去执行飞行任务去了，不在家。姑姑扬娜·苏科娃是公交车女售票员，看来也不在家。他们没有孩子，就两人过日子。这就是说，家里什么人也没有。奥特卡和她的哥哥进不去姑姑的屋子。

然而，两个乡下孩子一点儿也不心慌。他们并不害怕。

两个孩子坐在石阶上等姑姑回来。他们看着电车"轰隆隆"开过来，看着汽车"呜呜呜"开过去，他们眼前走过的人，各式各样的人，倒是很多，却没有一个来问问这两个孩子干吗老坐在石阶上，有的人倒是瞥了一眼他们，但是瞥一眼又管自继续走他们的路。一条瘦瘦的矮脚狗过来，"呼呼"地猛嗅他们脚上穿的凉鞋。

"这是一条真狗吗？"奥特卡问。

"真狗假狗你没看出来呀？"

"这样短短的脚，耐得住它整天跑吗？"

"它自己会去躺下歇歇的。"

"冬天，它不会冻死吗？"

"奥特卡，别问这些不用你管的问题。"

"我就问问，这布拉格的狗是不是真狗。"奥特卡说着站起来，进楼去摁姑姑家的门铃，亚当的这个妹妹总是整天闲不住。

她摁了一下，摁了两下，摁了三下……

可亚当却坐着不动。门还是没有开。姑姑、姑父没在家。可他们都在哪里呢？

2

两个孩子看着从他们面前开过的电车，他们的头脑里忽然萌生一个想法：难说，在哪一辆电车上，他们会找到他们的扬娜姑姑。但他们没有敢上车去碰运气，他们想，不可能这么凑巧，上车就会碰上他们的扬娜姑姑。

然而，他们在这儿等，究竟要等到什么时候呢？这样坐着，一直坐到天黑吗？不行，他们就上22路电车去碰碰运气吧。他们知道扬娜姑姑就在这路电车上售票。他们虽然对姑姑的脸庞不是很熟，可他们相信他们能认出自己的姑姑来的。他们的扬娜姑姑模样儿当然很像他们的父亲，个儿高高的，脸颊瘦瘦的：她是他们爸爸的亲妹子呀。只是扬娜姑姑的眼睛生得要稍稍尖一点，说话嗓门儿很大，话音响亮，这样，整个电车的人才能听见她说话的声音呀。

　　不巧，在这辆电车上售票的，不是他们的扬娜姑姑，是另外一个女子，看得出来，模样跟扬娜姑姑一点儿也不像，个儿小小的，脸蛋圆圆的，不住声地笑。

　　电车驶到了全捷克都有名的白山站。他们下了车。白山站是一个比别的站开阔、空旷的站，两个孩子的心情一下子变得敞亮了许多，甚至有些愉快的感觉。他们在这里看到了像乡村似的八月明丽的天空，头顶的太阳欢快地照耀着他们。样子像一个葱头的小教堂屋顶后面，还隐约可见一片青葱的树林。亚当把手里提着的小行李箱搁在了一张椅子上。这时，他看到标着"22路"字样的电车一辆接一辆从他眼前驶过，这些电车里很可能有一辆会是扬娜姑姑在里面售票。然而，亚当总也看不见里面有他们的扬娜姑姑。亚当的眼睛很亮、很敏锐，倘若电车上有扬娜姑姑，那是不会从他眼前错过的。

　　什么样子的男孩才算得上是出色的男孩呢？

　　首先就是眼睛要尖，要有瞬间捕捉住事物细部的目光，要能够一下就把他要认出的人从人群里识别出来。还有，得有机敏灵活的手脚，要强有力，在需要时能当机立断、奋勇当先。再还有，双臂得结实有力，双腿跑起来既有劲又有耐力。当然，头脑想象力还得要丰富，想问题要疾如闪电。这些要求，亚当以为自己差不多都具备。在学校里，他就是脱书朗诵还差一点儿。

　　过了一阵，电车不再驶来了。

　　"准是什么地方出事故了……"一个胡子像两根老鼠尾巴撇开的调度

员估摸着说。

奥特卡直打哈欠，一个接一个地打，亚当不高兴了："你倒是别老打哈欠呀！"

"哈欠自己要打来，我有什么办法呀？"

"你给我讲讲故事，就不会老打哈欠了。"

"给你讲个什么故事好呢？"

"随便你，讲什么故事都行。"

"我给你讲个小丑的故事，不过它很短，你不会嫌短吧？"

"短，没关系。"

"一个笼子里蹲着狮子父亲，另一个笼子里蹲着狮子母亲，再还有个笼子里蹲着狮子娃儿。"

"你的小丑蹲在哪里？"

"小丑在离它们很远的地方呢。"

"狮子父亲吼叫起来，狮子母亲吼叫起来，狮子娃儿吼叫起来。"

"它们干吗吼叫？"

"这我就不知道了，"奥特卡说，"也许是想吃肉了，也许是谁惹它们生气了。你一定会比我更知道它们为什么吼叫吧。"

"你的小丑呢，你的小丑在哪里？"

"狮子还没吼叫那会儿，小丑就已经走开了。"

亚当想着狮子父母和狮子孩儿，又想着那个狮子还没吼叫就已经走开了的小丑。他还没想出什么名堂呢，那个撇着两根老鼠尾巴胡子的调度员向他们凑过来，问："你们在这里等谁呀？"

"姑姑，"亚当抢先回答，
"她是 22 路电车的售票员。"

"叫什么名儿？"

"扬娜·苏科娃。"

"扬娜·苏科娃，让我想
想。"调度员思忖着说。

"扬娜·苏科娃，扬娜……"

"不错，是有一个叫扬娜的。"调度员笑着说。

"是有吗——是吗？"奥特卡立刻欣喜得惊叫起来。

"22 路，名叫苏科娃的女人从来没有在 22 路卖过票——唔，没有，
是没有。"

"那……她该在哪路电车上呢？"

"20 路，好像 20 路有个叫……"调度员没说完就撒腿向从路口拐过
来的一辆电车跑去。

"这个城市里没有谁说得清咱们的扬娜姑姑在哪路电车上。"奥特卡
说，亚当也这么认为。

于是，两个孩子就动身往回走，向姑姑家的方向走，边走边想着姑姑、
姑父这会儿总该已经回到家了。他们越走越觉得这会儿姑姑、姑父已经
该在家里了。

3

　　他们又摁门铃，可里边还是什么响动也没有。不过里面有一种机械的声音一直在不停地响，"叮叮叮，当当当"，这声音倒是很好听……莫非是，姑姑和姑父都因为这机械的声音太响，而听不见他们摁响的门铃？两个孩子后面来了个上了年纪的男人，他不言不语，就默默站在他们身后，定神打量着他们。他看着两个孩子摁门铃，男孩摁过，接着女孩去摁，那男人就不动声色地看着两个孩子焦急地要把门摁开。要是这会儿亚当和奥特卡回头看看，他们就会看到一个上唇留着胡子而下巴却刮得光光的小老头，他的鼻子出奇地大——比一般人要大得多，而眼睛里却乐呵呵地闪烁着光亮。他穿的上衣倒是一般般，裤子上隐约有几处油斑，十个脚指头从凉鞋前头喜颠颠地探出来。

　　"你们要找的苏科娃太太要到六点多才回来。"那个上了年纪的男人终于开口说话了。

　　直到这时，两个孩子才猛回头，看见了站在他们身后的男人。孩子们充满期待的眼睛里洋溢着惊异和急切。他们扑向了这个可能告诉他们扬娜姑姑消息的男人。

　　"干吗站在门外，来，先进我的家吧！"

　　"咱们进去吧。"奥特卡低声对哥哥说。

　　"好吧！"亚当响亮地说。

　　他们进了这位陌生伯伯的家里。这个姑姑邻居的家里，不见主妇也不见孩子，什么亲人都没有。墙上没有照片也没有画，看不见一件衣服，

看不见一块布帘。四壁全挂的是钟，钟摆的滴答声从四面八方传来。有的钟没有钟摆，该有钟摆的地方却站着一只布谷鸟。钟摆敲击出来的响声轻重不一样，有的轻轻的，声音很细很小，细小到几乎听不见，而有的，当当当，很响很响。有一些钟上的数字是用五彩描画的，而有的钟则是纯纯的白底上写着黑字。有的慢悠悠地走得很均匀，有的听起来很急促，就像是一声声在告诉人们要珍惜光阴，珍惜生命。

"我是一个钟表修理匠，叫文采尔。"男人自己介绍自己。

"我是奥特卡。"

"我是亚当。"

"瞧，你们有两个人，"文采尔伯伯笑着说，"而我只有一个人。我一个人喝茶，一个人吃饭，一个人笑。可这，你们知道吗，感觉总是不太好。"

"我和亚当，也只有一个爸爸，一个妈妈，"奥特卡微笑着解析，"再说，我的姑父只有一个，我的姑姑也只有一个。"

"我的姑父、姑姑现在也还不算有家——因为他们没有孩子，要有孩子才能算是家。"亚当补充说。

"你们的父亲是做什么的？"

"种庄稼，是种庄稼的好把式。"亚当说。

"我们的爸爸棒极了，整个捷克都算得上的。"奥特卡补充了一句。

"种庄稼？什么种庄稼？"文采尔伯伯不大明白。

"文采尔伯伯，怎么的，您不看报呀？我爸爸盘地、种庄稼有多了不起，报上全登着哩。"亚当惊讶地说。

"报纸，哦，我不是每天都看，"文采尔伯伯承认，"我附近没有报刊亭，再说，天天忙着修钟表，从早忙到晚，就闷头修呀修呀，总是修不完。你知道吗，布拉格比不得你们乡下，城市生活离不开钟表，城市里得准时上班下班，对钟点可讲究着呢！"

"是呀，想来也是。"奥特卡说。

"我爸爸参加全捷克双轮双铧耕作比赛，得了第一名，接着又到南斯拉夫去比赛了。"

"嗯哦，那你们的父亲可真是太了不起了！"文采尔伯伯赞叹着，"他用的是他自己的犁铧吧？"

"是呀，"亚当连连点头说，"连拖拉机都是他自己的。"

"我妈妈也去。"奥特卡补充着。

"你们一定希望他在南斯拉夫也能得头一名，是吧？"

"那是当然啰！"奥特卡说。

钟表修理匠文采尔伯伯把手伸进一只口袋，从里面摸出一瓶牛奶，随后把牛奶倒在杯子里，推到亚当和奥特卡面前，再拿出一个长面包让他们吃。奥特卡一下就觉得肚子饿极了，亚当更是觉得自己快饿死了。他看一眼就晓得，伯伯放在他们面前的牛奶和面包都不够他们吃。他们吃起来，吃完了还觉得饿，肚子还在咕咕叫。

钟表匠伯伯指给两个孩子看墙上一个个的钟。他的手指特别长，比一般人要灵敏得多。他把指尖伸进钟里，小心翼翼地，轻轻巧巧地，这里碰碰，那里摸摸，钟感觉到了他指尖的温柔，就"呜呜"呜响起来，

接着发出"当当当"的敲击声，不慌不忙的，一下接着一下，向自己的主人表示着友善和亲昵。

亚当忽然看见上面有块提示牌，写着："切勿触摸钟摆！"就问伯伯："谁会去触摸钟摆呢？"

"早年常有这样的事，"钟表匠说，"现在人们都已经知道钟摆是不能去触摸的了。"

"可我就很想去摸摸呢。"奥特卡小声说。

"所以，得写上警示呀。"钟表匠笑着说，"好吧，你一定要摸，就摸摸那画上的钟摆吧。"

但是奥特卡也只是说说，她也没有真的去触摸。就在这时，亚当和奥特卡听见隔壁人家的门打开了，同时还听见了脚步声。

"苏科娃太太回来了。"钟表匠说。

4

"孩子们，孩子们！"姑姑一边欢叫，一边把他们一个接一个抱起来。姑姑先是把奥特卡往天花板上举，随后把亚当抱起来，可是亚当太沉了，她马上就把他放回到了地板上……

"你们今年养了几只鸡啊？"

"十六只，"奥特卡回答，"不过有两只小鸡跑进树林里，迷路了，回不来了。"

"兔子呢，你们的兔子怎么样？"

"很快就可以杀吃了。"亚当怜惜地说。

"鸭呢？"

"鸭都叫黄鼠狼吃了。"

"天哪！"姑姑倒吸了一口气，"准是你们没放捕兽夹吧。哎，你们的小弟弟亚希马怎么样？"

"抱起来就不哭，一放下就'哇哇哇'，没命地哭。"

"看来，你们的弟弟还小。"姑姑说着笑起来。

她和善的脸庞上漾满了灿烂的笑容，像是胸中有灯泡从里往外透着亮光。她生在农村，长在农村，虽说来到布拉格，可整天忙，心却始终牵挂着家乡。近来，她心中有个秘密让她掩饰不住自己的喜悦。

"孩子们，你们想不到的，我们也很快会有一个小孩，也许就在这个星期，你们的姑父一从埃及回来，我们就会有一个娃娃。"

两个孩子一头雾水，一下子都听蒙了，全都不说话。

"你们干吗这样怪怪地看着我？"

"我没有看您呀，"奥特卡嘴里说没有看，可眼角直往姑姑身上瞟——

不，姑姑的肚子没有大，她还像从前那样瘦瘦的。

"你们想不到，我们会有一个实实在在的孩子，而不是一个洋娃娃。"姑姑对孩子们说明着，"一个正吃奶的嫩娃娃，小不点儿男孩，他也会到我们家里来，天天哇哇哭，当然睡着了他也就不哭了，明白吗？"

"明白了。"亚当点头说。

"明白了。"奥特卡虽然小声应着，可眉毛却惊讶得倒竖起来。

5

不过，布拉格的女人也有各种各样的。亚当和奥特卡就见过从布拉格到他们村来的一个女人，是一个也叫"扬娜"的阿姨。那个阿姨，一双眼睛总眯缝着，眉毛皱巴巴的，很会骂人，如果需要，连打架也会……

大出亚当和奥特卡所料的事情发生了。他们的扬娜姑姑一听说亚当和奥特卡刚才在隔壁钟表匠文采尔的屋子里待了许多时候，她的神色立刻就变了，脸立马就拉下来了。这情形，让两个孩子即刻想起他们在村里见过的那个也叫"扬娜"的布拉格阿姨。

"我不喜欢这老东西，"扬娜姑姑板着脸说，"我总觉得这老东西不是个无赖就是个神经病。你们看见了，他家里整个屋子什么都没有，就有钟，谁会乐意听'当当当'的声音时不时从隔壁响起来？夜间听来就更响！"

"暴风雨说来就来，亚当！"奥特卡不以为然地摇着头，小声说。

"咱们不该在姑姑面前说起文采尔伯伯的。"亚当说。

"这样，咱们说好，"姑姑变换了一副脸色，接着说，"我这就给你们

规定几条：不准放任何人进来，谁敲门就让他敲，敲一天也不开，敲死也不开……"

"谁敲门，我们也不去开。"

"电话也不许去拿，就任它响，任响多久也不去接……"

"任响多久也不去接。"两个孩子鹦鹉似的跟着说。

"不准手空，不要无缘无故去开水龙头……"

"我们不去开。"

"煤气不准去碰，电熨斗不准去摸……"

"我们不去碰、不去摸。"

"还有，发生什么突发事件呢——你们知道什么叫突发事件吗？知道吗？"

"譬如说，地震……"奥特卡举了个例子。

"是，你想得对。"姑姑赞扬了奥特卡一句，"我们布拉格可比不得你们乡村。"

"我们知道，我们是在布拉格。"亚当忧心地说。

6

到孩子们该去睡觉的时候了。他们等来了他们的第一个布拉格夜晚。亚当睡靠窗的一张沙发，奥特卡睡的沙发离窗户远一点。他们清楚地听见扬娜姑姑铺床，还理了理什么东西。不过他们什么也没看见。窗外一片漆黑，隔墙传来伯伯家轻柔的钟声，隐隐约约的。两个孩子很想睡着，

可就是睡不着。

"亚当！"奥特卡压低嗓门叫哥哥。

"什么？"

"我心里不好受呢，你给说点儿什么吧！"

"给你说什么呢？"

"咱们来回忆乡下的事吧。"

"好吧。瞧，这是咱们的大门，这是咱们的篱笆墙，这是咱们的屋顶，这是咱们的烟囱，这是咱们的菜园和果园，还有，这是咱们的石竹花，还有，这是猫咪，还有，这是鸡——公鸡、母鸡……"

"你接着说呀，我听着呢，"奥特卡说，"接着你吹口哨给我听吧，不过你得轻轻的。"

"那你就听着！"亚当压低嗓门儿说。亚当把头蒙进被窝里去吹口哨。他其实吹得很响的，可是从被窝里传出来的口哨声却十分细微。

"亚当！"

"你要说什么？"

"你不觉得，咱们在这里很可怕吗？"

"可怕什么呀？"

"姑姑不是说，要来一个小男孩，他自己不会穿衣服，那时，你会给他穿吗？"

"当然，会给他穿。"

"小孩马上就要来了，而姑姑自己那么瘦弱，她怎么弄呀？这事难

办呢，你不觉得吗？"

亚当不说话了。他觉得这事并没有多难办呀。

"难办又怎么样，"他自己心里其实也不太有底儿，"你就别想这么多了。快乐些，开心些，咱们是在布拉格呢。"

"是呀，我们今天不太愉快，可能，明天会更不愉快。"奥特卡说着说着就睡着了。

亚当不知为什么总是愁闷得不行，不过，后来也还是睡着了。

7

第二天早上，谁也没有喊他们。扬娜姑姑六点不到就出门上班去了。亚当和奥特卡还是像在乡下一样，很早就醒来，这是因为在乡村，公鸡总是早早地就喔喔啼鸣了。他们养成了公鸡一啼鸣就立马翻身起床的习惯。然而，今天他们不想一醒就起来。

"我起不来了，我的腿好像断了。"亚当说。

"我可要起来了，我想到外面去走走。说不定，我见过的那条矮脚狗还会来。"奥特卡大声说，可她嘴里这么说，人还是不想起来，她只是一次又一次伸着懒腰。

最后，亚当和奥特卡说好来吵架，一吵就不能睡了。奥特卡先叫起来："你撒谎！"亚当一听真的就从床上跳起来，一把揪住奥特卡的头发。奥特卡好不容易才从亚当手里挣脱出来，就这样，他们从沙发上爬起来。接着他们同声大笑，但是他们很快就刹住了。因为亚当看见桌子上有一

张字条。他一个字一个字念起来："你们来到一个很讲规矩的人家里。"昨儿个晚上姑姑打发他们睡觉时说过这话，现在姑姑又叮嘱了一遍，让他们晓得在这个家生活就得遵守这个家的规矩。他们不能想做什么就做什么，爱怎么干就怎么干。他们按姑姑说的，开始循规蹈矩地生活——从冰柜里取出水果，从地窖里拿来土豆，从一只小瓦罐里拿出一扎包好的钱。让不让到外面去玩，字条里没有说，他们就规规矩矩坐在沙发上。

"哎，这纸条上，我念的你都听见了吗？"亚当问。

"听见了。"

"那咱们怎么办？"

"首先咱们来把这家看一遍，弄清楚现在咱们是在什么位置上。"奥特卡说。

他们的姑姑、姑父搬到这套连体房里住的时间还不长。亚当和奥特卡是最早来这个家住的两个家外人。

"你说了首先，接着呢……"

"接着咱们来煮点儿什么吃的。"

"煮什么呢？"

"譬如说，我会做牛奶煮土豆。"

"做吧，我来给你做帮手。"亚当说。

他们下到地窖，把地窖角角落落都看了一遍，当然，这完全不是乡村的那种地地道道的地窖，乡村的地窖既黑暗又潮湿，而这里存放食品和物品的地方就是一个地下室。有些活儿也放在这地下室里干，比如说，

洗衣服、被褥呀，修理摇篮车或铝锅呀，总之，一切需要保存在地下室的物件都搁在这里。通往地下室要走一条长长的通道，很寂静。亚当和奥特卡说话自然也就都小着声，笑呢，只露露牙齿就当笑过了。他们以为这也是在遵守姑姑定下的规矩：不破坏通道的宁静。他们找到了苏科娃太太家保存食品的地方。他们在这里看见了一道大铁门。这里面藏的什么？难说，这里面住着小矮人或仙女？

这个问题他们找不到答案。

奥特卡和亚当上了几级台阶，走到电梯跟前。他们拿出姑姑写的纸条来看，上面也写着孩子不许一个人进电梯。这时，奥特卡和一个银发大姑娘攀谈起来，她正好开启电梯，便请两个孩子进去。奥特卡先进去，而亚当则要沿楼梯爬上去。

"你叫什么名字？"银发姑娘问奥特卡。

"奥特卡，"女孩回答，"我们住在苏科娃太太家。"

"我叫泰莱莎。你上学了吗？"

"还没呢。不过我现在不能不上学了。不可以不上学。"

"上吧，每个人都该去他该去的地方。就我吧，我得去上班。"银发姑娘微笑着说。奥特卡觉得自己现在已经跟银发姑娘十分相熟了。

奥特卡觉得她们已经成了朋友。当然，银发姑娘的年纪比她大得多，

但是奥特卡以为，这不妨碍她们成为朋友。她平常就喜欢跟年龄比自己大的人在一起，当然不包括爱欺负人的男孩。

电梯停下来，奥特卡沿走道走去，而银发姑娘则沿梯子走到下面一楼去——原来，银发姑娘是为了送奥特卡才上到这一楼的，所以，到这一楼，她还得沿楼梯走到下一层去。亚当已经在电梯门口，在读一块提示牌。奥特卡看出来，亚当爬楼梯一点儿也不觉得吃力，所以比她还早到。

接着，两个孩子一起沿楼梯爬上了顶楼。顶楼就是顶楼，没有什么特别之处。它很开阔，瓦片盖成的屋顶下积满了厚厚的尘埃。虽说没有让他们感到新奇的什么东西，但他们还是发现，在一个半开的窗口上蹲着一只猫，很大，大得惊人。

"这样大的猫我还是头一次见呢。"奥特卡说。

"我也是。"

"它该有几岁了？"

"七岁，不会比七岁更小了。"

奥特卡又细看了一眼七岁大猫，她把它叫做"凯斯—凯斯"，随后追着哥哥下楼去。大猫一动不动，只是用它玻璃球似的眼睛目送着他们。

8

奥特卡动手做饭。她让亚当到地下室里去拿些土豆来，而自己去对面街上买牛奶。上街买牛奶，奥特卡很麻利，简直像一只老鼠，"吱溜吱溜"，谁也碍不着她。

亚当二话没说，就去地下室拿土豆。而奥特卡在人行道上睁大眼睛看街上来往的车流，轿车、电车，她想瞅准一个时机穿过街去，可车就在她眼前"呜呜呜"疾驰如飞，电车"嘀嘀嘀"不停地叫。她就只好站在原地不动，一个比她个子高得多的男孩走到她身旁，站住。他看看小姑娘，忽然说："瞧我给你一家伙！"

奥特卡转身盯着凑过来的无赖男孩，大声嚷了一句："我动动小指头，你就哭爹叫娘了！"

男孩瞪了她一眼，就不出声了。

"噢，你是不懂'动动小指头'是什么意思吧？"奥特卡带着奚落语气问了一句，"动动小指头，就是你还没闹明白是怎么回事，我就已经叫你翻倒在地了。"

男孩疑惑不解，瞅了瞅这只手的小指头，又瞅了瞅那只手的小指头，接着像是没有她这个人似的，从她身边悄悄溜走了。

接着，奥特卡又听见一个声音，是从上方传来的，不过很友善："你是要过街买东西吧？"

奥特卡抬头，一下讶异了：竟是个高高大大的黑人，一脸胡子，而牙齿却显出了贝壳般的亮白。

"是呀，我是要过街去呀！"奥特卡点了点头，向他抬起一只手，打了个友好的招呼。

黑人快快走下来陪她过街。他们身边没有汽车，行人走到他们身边也都避让了。他们就这样顺利穿过街去。奥特卡还没有仔细打量黑人呢，

黑人已经向另一条街走去，边走边对奥特卡说："请代我问候你的父母亲！"

奥特卡竟忘了向黑人表示她的感谢。心里责怪自己咋会把对好心人的感谢给忘记了呢，不过她现在得立刻去排队买牛奶了，当轮到她买的时候，她也就没有多想刚才自己的过失。

9

亚当走到存放土豆的地下室。土豆，他在乡下经常吃。他沿一条昏暗的通道走下去，这里有一道门，打开门就能看见存放在箱子里的土豆，他拿过一只篮子来装土豆，但是土豆该拿几个呢，七个？十个？还是拿十个吧，他吃六个，奥特卡吃四个。

在走道上，他遇见一个陌生男孩——他在那里擦拭他的自行车。那男孩其实更是在那里欣赏他的车。自行车亮得那么晃眼，油漆上得那么漂亮，轮罩、把手都崭新崭新的。这男孩比亚当要大一点，一头乌黑卷发，然而脸上却没有血色，简直像是一面白墙。亚当一看这个男孩的神态就觉得不怎么对劲。于是，亚当就从车的前轮边上擦身走过，存心不去理他。

"你的眼睛呢？"黑卷发男孩挑衅地问。

"你说什么？"亚当没听明白男孩的意思。

"自行车，我的。"

"我碰到它了吗？"

"你蹭到我车的前轮了。"男孩怪怪地说。

亚当打心底里涌上来一股恶气，血直往他的脸上冲，头发一根根竖起来，心里不知道该怎么想。他放下装土豆的篮子，腾出双手来。他准备跟人家动粗。

亚当的眼睛一会儿睁得铜铃般大，一会儿眯缝成一条细线，眼球也在不断地变幻着颜色。眼前这世界似乎是一会儿很美好，一会儿很丑陋。他脚下的地一会儿很坚硬牢固，一会儿动荡不定。这会儿他看到的一切都是弯弯扭扭的，他眼前的这个男孩倏忽间蜷缩成了一条黑头虫，走道也扭曲成了蛇形。

亚当心里明白，他不能跟眼前这个人打架，因为扬娜姑姑叮嘱过，在她家里，不许跟人打架。然而恶气还是凝滞在他心里，总不能散去。但是，算了吧，压住升腾的怒火吧，在需要忍的时候，忍忍也就忍忍吧。

10

亚当沉思着，双手不停地倒腾着一个土豆。土豆明明在他手上，却似乎眼前什么也看不见。本来，他得赶紧把土豆送到奥特卡手中去，让她做午餐。可是他现在却像个木头人似的呆立着，今后他还少不得要碰上这条恶虫，他还会来惹他恼怒的。很可能，他还是不可避免要跟这条恶虫干上一架方得罢休。他来寻衅，不打不行，那就只得出手了。可是他现在怎么说是在姑姑家呀——他不能打架！

　　然而，后来的事情不像亚当所想象的这样。他提着土豆篮子走到过道时，朝四周看了看。当他往右边看时，什么也没看见，只见黑黢黢的过道，当他往左边看时，一道铁门把他的视线挡住了。铁门半开着，透出来一束亮光。

　　亚当把装土豆的篮子搁在地上。这道铁门里面有什么呢？进去会发生什么？一个男孩的好奇心在诱惑着他——他得进去看看。于是他一伸手，推开了铁门。

　　实际上，里头不像他所想象的那样有什么稀奇古怪的东西，也没有什么见所未见的东西。里面倒是很开阔，如果不是乱七八糟堆放着这么多杂物，那么在这里举行个娱乐晚会都能成。天花板下悬着一个老式的灯罩，里头装有一个老式的灯泡，他定睛看时，看到的都是随意堆放在这里的旧物和废品，有陈年的破旧家具，有洗衣盆，有电话机座，还有几个脸盆架，有五只木桶，有一只大箱子，还有三个抽斗……这是个废旧物品仓库。好奇心让亚当穿行着探进这些杂物的最里面，他的好奇性格就是什么都要自己去探个明白。可突然，这时他想起妹妹正等着他送土豆去做饭呢，他边这么想着边赶紧往门口跑，就在这当儿，铁门在他鼻子尖前"砰"一声关上了，随后，门外的门闩从上面"哐啷"落了下来。

　　亚当像野兽落进陷阱里似的，被禁锢在灰暗的杂物间里了。

11

　　可是，亚当不是一受惊吓就失魂落魄的男孩！他镇静下来，稳稳站

定，深深吸了一口气。他认定，他在这里面是不会被闷死的，因为天花板上有个通风口呢。

事情已经这样明摆着，他该怎么应对呢？他不叫不嚷。他要自己设法出去。他不慌张吗？是的，他并不慌张。他有耐心吗？当然，他有足够的耐心。他还有在这种境况下所需的无畏精神。他能想得出从这里出去的办法吗？毫无疑问，他能。既然他是个点子多、办法也多的男孩，那么从这里出去是或迟或早的事。他拉了拉门把手，推了推门，拿拳头捶了捶墙壁，仔细看了看水泥地板，攀了攀通风口，都没有他所想到的结果。他出不去了。那通风口太小，亚当得变成苍蝇才飞得出去。既然事情已经到了这一步，他也就只有开始在这个储物间里寻找可以供他果腹的东西了。

亚当好容易在储物间里找到了一钵腌菜，三罐头醋渍黄瓜。这些腌制蔬菜能供他吃多久？一个星期还是两个星期？亚当想，他就节省着吃吧。好在，他在乡下本来就喜欢吃腌酸的蔬菜。休息，这里也能找到地方——一把包了皮的安乐椅就可以坐着歇歇气。夜里，这里有个大木盆，蜷在里面也一样能凑合着过夜。

亚当寻思，在这样的境况中，他是没有时间再去生气、再去难受、再去激动了。哭喊、流泪都帮不了他的忙。连幻想都需统统丢弃干净。现在当紧的事是，他得镇定下来，耐下心来，保持冷静的头脑。可是，亚当要做到这样，却偏偏做不到这样。他仔细查看储物间，把储物间角角落落都细看了一遍，又眯上一只眼从门缝里看出去：会有谁从这道门

前经过吗？过了一阵，亚当比任何时候都清醒地感觉到，自己是从遥远的乡下来到了布拉格。此时此刻，他对一切都没有兴趣了——对旧安乐椅、对废窗帘、对旧柜子都没有兴趣了。现在，他只对自己生气：干吗拐进这屋子里来？就为的是那个擦自行车的黑卷发男孩吗？他就是生气，也不该这么瞎拐跑进这样的屋子里来呀。然而，最让他憋屈的是那个来将门锁上、把他禁锢在这间大屋子里的家伙。这个来锁门的人会是谁呢？没第二人，就是擦自行车的那条黑头恶虫。九成九是他！还有谁有必要来把亚当闭锁在这道铁门里？没有谁了！这会儿奥特卡在做什么？她该发觉她需要的土豆没有人送去了吧？奥特卡一定在想，怎么不见亚当这个人了——他上哪儿去了呢？时间已经过去好久好久了呀。奥特卡怎么不来储物间找找，不来把亚当给放出去呢？亚当不会自己把自己锁在一间大屋子里的呀！她该早已来找他了，她是在等土豆做饭的呀，她该早已心急如焚了。假如是奥特卡忽然不见了，亚当就早已火烧火燎去找她了！奥特卡是个女孩子呀，她一个人不担心、不害怕吗？不，她一定已经很焦急、很惶恐了！

亚当觉得在这储物间关几天，他都有办法自己活下去——有吗，真有吗？真有！亚当这样思虑着，自己笑起来，心情也好了许多，不知不觉，时间已经过去了不少。亚当猜想，奥特卡应是早已记起哥哥去地下室拿土豆的事，她早就已经火速跑到地下室去寻找亚当了。

12

奥特卡急等土豆做饭呀，可就不见亚当送土豆来。这时，奥特卡才恍然记起：咋不见亚当这人呢？他跑到哪儿去了？怎么现在还不拿土豆来？奥特卡心神不宁地往地下室跑。在地下室走道上，她倒是找到了装土豆的篮子，可亚当人呢，为什么不见亚当？走道里空无一人，亚当能钻进地缝里去吗？奥特卡这时才忽然觉得自己太年幼、太无助。她心慌起来：她一下觉得自己空落落的，孤独无靠，仿佛也一下子陷进了地缝里。谁还会找得着他们兄妹俩呀？

奥特卡跑到屋外，去找她唯一可能给她帮助的人。她去找文采尔伯伯，找那个钟表修理匠。对这地下室，他应该是无所不知的。文采尔伯伯看见小姑娘来，立刻和颜悦色，马上和奥特卡一起到地下室去，他简直不是走，而是跑，因此小姑娘也跟在文采尔伯伯后面跑起来。

"这地下室原来是个躲避敌机轰炸的防空洞，所以本来就是大伙儿公用的。"文采尔伯伯说着，离开了扬娜姑姑家的地下室，又进入了另一个相邻的地下屋子。文采尔伯伯拨开了铁门闩，伸手去推铁门，铁门一推就开了。铁门里面，紧挨着门就站着亚当。

"怎么回事？"奥特卡一下子愣住了。

"没有什么，"亚当回答说，"有人把我锁在里面了。"

"你仔细看看你全身，看是不是都好？"

"谁也没碰我呀。"

"我在家人面前抱怨你倔，家里也总是这样数落你。"奥特卡说着，

涕泪涟涟。

"别哭了，奥特卡，不是什么也没发生吗？"钟表匠劝小姑娘说。

奥特卡的哭泣声渐渐小了，但她的心绪总也平静不下来。自然，亚当认为是自己不好，他干吗要拐进那道铁门呢？谁也没叫他进呀，是他自己用自己的双腿迈进去的呀。最后，奥特卡从衣袋里掏出手绢递给亚当，柔声说："给，手绢，给我擦擦眼泪。"

亚当给妹妹先抹左边脸颊上的泪水，接着抹右边脸颊上的泪水，边抹边细看自己的妹妹。妹妹的哭声让他非常惊心，可是从他嘴里说出来的话却听不出他心里有多难受，他说："右眼流出来的泪水，要比左眼的多。"

13

亚当和钟表匠走到门口时，瞅着奥特卡不在身边，亚当小声问："文采尔伯伯……"

"你想对我说什么？"

"您知道，这里有一个男孩，脸像一堵白墙，一头乌黑卷发，老去擦他的自行车——这个男孩是谁？"

"这个呀，他叫夏拉。"

"有这种叫法的名字——夏拉？"

"是他把你锁在防空洞里的吧？"

"不知道是谁把我锁在里头的，如果是他，那就一点儿也不奇怪了。"

"咱们忘了这事吧，不值得再提起。"

"好的。"亚当说完就跑去追奥特卡。

14

亚当被困在防空洞里，奥特卡煮土豆的锅上腾腾冒起了蒸汽：亚当为什么还不拿土豆来？亚当是在跟妹妹躲猫猫吧——这整个事件任何时候想起来都觉得蛮有意思，听起来很是有趣，甚至听上一百遍都还愿意再听。当时亚当感觉，那堆满破旧杂物的昏暗大屋子，真是挺吓人的，可过后思量起来，却反而觉得那事很值得回味，还愿意一再去记起它，尤其是那只锁门的手——这会是谁的手呢？怎么也得弄个水落石出才行。但是亚当放弃了急于要给点儿颜色让夏拉瞧瞧的念头，以至于当时心里想要诅咒他，很想骂出口的"混蛋""恶棍""十恶不赦的""该下地狱的"，现在也都不想出口。奥特卡一高兴也就不再怒气冲冲，所以哥哥当时准备要骂那人的话，她这会儿也一个都记不起来了。

邮递员摁响了他们家的门铃，奥特卡急忙去开了门。她不让亚当去开门——万一他出去又失踪了呢？这个小姑娘莫看她小，头脑却已经不那么天真、无知。邮递员弄明白了奥特卡是从乡下来到布拉格，是临时住在扬娜姑姑家的孩子。奥特卡问邮递员，他知不知道有个叫"沃

卡尼"的村子，不，邮递员不知道，乡下很大，他怎么会知道乡下那么多村子里有个名叫"沃卡尼"的小村落呢？说来倒是，邮递员也是从乡下来到布拉格的，所以一听说小姑娘从乡下来，他们立刻就有说不完的话。

"现在你知道我过的是什么日子吗？一天到晚就跑路、送信，"邮递员诉苦说，"乡下多有意思呀，我拿个望远镜东看看西看看，现在还常常会想起小时候我养过的一只红毛兔子。"

"嗨，瞧您说的！"奥特卡笑起来，"我们那里，兔子是天蓝色的。"

邮递员越说越来劲儿，"你知道吗，最吃力的是每天得爬楼，想想，到高层楼上得爬多少个台级？住底层的人往往是收不到信件的。收到信的人不知道为什么都住到高层去。而且他们收的还多半是快信、航空快信、挂号信。你不认识泰莱莎小姐吧？"

"泰莱莎，我见过，我认得她。"

"是啊，我想你也会认得她。她一头银发，你一定见过的。"

"认得，认得。今天她还为了送我而多乘了一层电梯哩。"

"今天她不在家。你能代我把这封信转交给她吗？上面写着她家的楼层和房舍序号。"

"可以呀。我守候着，她一回来我就把信转交给她。"

对于邮递员的信赖，奥特卡心里着实高兴，她感觉拿着这封信就像拿着皇上的圣旨。亚当一看奥特卡手里的信封，就知道是怎么一回事了。亚当已经上了五年学呀。

15

　　说实在的，亚当有许多事得去做。说接电话吧，起先，亚当怕去接电话，可后来，他环顾了一下四周，看没人，这电话又老响个不停，怎么办？当然，就去接吧。常常是，奥特卡在门口跟邮递员说话，姑姑上班，姑父在什么埃及。如果电话响个没完，那他不过去拿起话筒又怎么办？电话那头的人见这头不接电话，一定很着急，一定很不高兴。

　　他怯生生地走近电话机，把话筒拿起来，话筒一端自然就在亚当耳边，另一端自然就在亚当嘴边。他刚拿起来时，电话里像是猫叫，"咪呜——呜"。

　　亚当只得说话了。

　　"我是……"接着又重复了一遍，"我是……"再说，"您请讲……"亚当又说了一遍，"您请讲……"

　　终于，他清晰地听见耳朵里传来对方的说话声："你怎么，是傻瓜呀？是谁呀，老'您请讲'？"一个孩子恶声恶语的声音，话音里充斥着嘲弄和傲慢。

　　"我在接您的电话，"亚当不知道该怎么说下去，他闹不清，这电话竟也可以用来骂人。

"你，哎，乡下小浑猫！"

"你到底要说什么？"亚当深深憋了口气。

"你尝到我的厉害了吧，啊？"一个男孩在电话那头放肆地笑起来。

"我？"亚当似乎有点儿明白对方的意思了。

"是啊，你？"

"我把你锁在防空洞里。尝到那里面
的好味道了吧，啊？"

"那么说，你是夏拉，是吧？"

电话那头不应声了。

"我见过你。你是夏拉。"

"你怎么见过我，你一个乡下小土
佬？"

"等着，我来教训你一回，不然你不知道我的厉害！"

"那你也等着！不给你吃足苦头，你是不会长见识的。"

"走着瞧。"

"等我把你揍成肉饼。"

"落到我手里，我叫你背朝前，胸朝后。"

"你，敢惹我呀，我叫你跛脚，眼歪，嘴斜。"

亚当一时想象不出，夏拉要是落到他手里，他该怎么教训他才解恨。

不过夏拉，看来也是碰到对手了。他似乎被气晕了，因为电话那头
不吭声了。亚当继续把听筒搁在耳边听，看夏拉还说什么，但什么也听

不到了。他这才把话筒搁了回去。

话筒是放回原处了，可亚当的心放不回原处了。对手已经扔下了话，要把他揍成肉饼。这个白墙脸的夏拉住得就离他不远，战斗随时都可能爆发。好吧，敌人找他来了，想躲都躲不开。糟糕的是，夏拉还不知道他亚当的厉害。那就这样吧，要是在外面什么地方跟敌人交上了火，便只得让他尝尝亚当的厉害了。

亚当现在才明白，人其实是躲不开敌人的。在沃卡尼，有一个叫叶世卡·阿利特曼的人，不跟他做对头简直就不可能。他们甚至听不得彼此的名字。到这里，到布拉格，又忽然来了个夏拉。亚当第一眼见他就觉得这人味儿不对，后来真的惹出了彼此的仇怨。相互成了对头，你走你的独木桥，我走我的阳关道倒也罢了，但自从夏拉把他锁在防空洞里，那以后他心里就总容不下夏拉，就非得动动武，非得较量一番，最终分出个输赢不可。

显然，电话里是发泄不了亚当的仇怨了。电话里只能打口水战，亚当占不了上风。最好的解决办法还是你我都向对方瞪起仇恨的眼睛，随后彼此向对方扑去，用实力决出胜负。

奥特卡把信交到泰莱莎小姐手里。泰莱莎小姐一看信封就激动得不行，感到幸福得难以形容。不过，泰莱莎小姐听奥特卡说了亚当跟夏拉的事，她就知道亚当现在一定生气极了。

亚当确实异常恼怒，手指在微微哆嗦，像是在跟谁较劲，眼睛总是呆呆地望着远方。

"亚当！"奥特卡提高嗓门叫了他一声。

"我已经知道，是谁把我锁在防空洞里了。"

"谁？"

"这个人就跟咱们住同一楼，夏拉。"

"我认识他。"

"脸像一堵白墙，卷发黑乌乌的。"

"这个家伙呀，咱不能饶了他。"

"刚才，他还在电话里骂我来着。"

"姑父那里有一对哑铃，你现在就开始拿它们练你的臂力。"奥特卡说这话的时候，眼睛放射出逼人的光芒。她随时准备和亚当一起冲过去，同夏拉进行一场殊死搏斗。

16

姑姑做的工作没有获得他人的好评，所以回来就憋着一肚子气，眉头紧皱着，眼睛眯缝着，嘴角扭曲着，眼角的鱼尾纹缩成一团。她瞥了两个孩子一眼，就走到水龙头前开了开，又开关了一下电灯，然后扫了一眼餐具，看是不是都洗干净了，接着摸了摸橱柜，看有没有灰尘。然后才换下工作时穿的电车售票员制服，吞服了一片镇静药，接着才穿起连衣裙。

她的短袖连衣裙很靓丽。这时的姑姑看起来才像是个家庭主妇。奥特卡和亚当这时才看见她的神情变得稍微轻松些了，刚才那个憋着一肚

子火的姑姑不见了，脸上显出了布拉格女人通常应有的模样。

"今天，我可是一个子儿也没了！"她说。看得出来，她的怒意着实还没有消尽，"乘客都不给小费，没一个乘客给。气得我连电车都不想上了。我不想干了！ 你们怎么办——今天我没有钱给你们买吃的。"

"不要紧。"亚当回答。

"我们还有土豆哩，我们已经做好牛奶煮土豆了。"奥特卡慌忙回答。

夏拉的事，他们两个一句也没有提。

"我很喜欢吃土豆，要是你们已经做好土豆在等我，那就太好了。"姑姑说。她终于露出来笑容。"我等他们给我假期,等啊等啊,就是不给我。不过，孩子来了，他们就不得不给我了。我还有十年，这十年真的要累坏我了。"

"不过，孩子会哭，您会很累的。"奥特卡同情地说。

"知道，知道，但是我会对他说：'别哭，别哭，有你妈妈在身边呢！'"

"您给孩子叫个什么名儿呀？ "奥特卡对这个孩子的事总是听不太明白。

"按他父亲的姓，叫弗拉基米尔，平常就叫他'弗拉加'吧。我把给他准备的被褥拿给你们看过了吧？ "

"没有。"奥特卡很想看看。

"没有。"亚当根本不想看。

姑姑走到被服柜子前，从上面的抽斗里拿出小孩衬衣，无扣布衫，小帽子，小碗，还有褓褓。

新生儿要用到的一切，姑姑都一一准备了。她把它们轻轻拿在手里，一下一下爱惜地抚摸着，那帽子她还拿起来吻了吻。然后，她仔仔细细地一样一样放回去，那样子，仿佛它们都是由金线银线、绫罗绸缎织造而成，她对它们的珍惜完全不亚于帝王抚摸他们的皇服。

两个孩子怀着敬意看着她的一举一动。

"这一切，"姑姑叹息了一声，"你们看得出来，孩子还没到来，而我的爱已经提前拥有了。"

17

三点钟光景，姑姑带着两个孩子，三人一道去城里。姑姑想要带孩子们看看布拉格。当然不是全城，而是一部分。

"你们在农村，全村的人用不了多久就都认识了，而布拉格不是一下就能看得过来的，那就拣你们喜欢看的，让你们高兴的地方看吧。"姑姑说。

但是姑姑说的，孩子们听不太清楚。轿车、电车轰轰隆隆，街上的行人叽里哇啦，吵闹声一刻不停。亚当和奥特卡觉得街上的人比早上更多了，彼此听不清对方说的话。

"在沃卡尼，街上几乎没人走，这里哪儿都是人。"

不过，街上人是很多，却各走各的，谁

也碍不着谁。街上的人如果没有这么多，大家没有这么匆忙，没有这么吵闹，就好了。现在，亚当和奥特卡这么慌慌忙忙，一直不停步地急着往前走，什么也没看清楚，哪样也没有瞧明白。

"这里可看的东西很多，"天天在街上乘电车行驶的姑姑摇着头说，"这里只要你转个身、扭个头就能看见一样你们觉得新鲜的东西。可在农村，你不管往哪里看，都看不到什么新鲜。"

谁又能说姑姑说的不是实情呢！

扬娜姑姑很想尽量做得如亚当和奥特卡所希望的那样好。她给奥特卡买了一件只有重大节日人们才会穿的玫瑰红连衣裙，比奥特卡的身量要略略宽大些，奥特卡在穿衣镜前转过来扭过去，不多一会儿，就收下了姑姑的礼物。

"你是想要自己快快长大是吗？我说得没错吧？"姑姑说。

奥特卡非常喜欢姑姑给买的连衣裙——太喜欢了！她觉得穿上它自己简直认不出自己来。姑姑给亚当买了双镂空凉鞋，她说亚当现在脚上穿的这双太旧了。姑姑还从来没见人把这样旧的鞋子还穿在脚上的。可亚当却不知为什么不太想要，因为旧鞋子在沃卡尼跑起来方便——要翻篱笆墙就翻篱笆墙，要涉沟渠就涉沟渠，要连跳两个水洼和一堵陡峭的断墙，都不碍事。穿上这样的新鞋，他还真不知道怎样想跑就跑，想跳就跳，想翻就翻。这些，他心里明白着呢，不过他对这位从来没有生养过娃娃的姑姑该怎么解释才好呢？他不知道。他没有直接说不要。他要采取一个迂回策略：他说，新凉鞋有漏孔，什么草呀秸呀屑呀都会掉进去，而

在乡下是天天都难免会踢到这踩到那的，那样新鞋穿不了几天就会坏的。

姑姑自然也还记得自己在乡下做孩子时的情景，于是，她给自己的弗拉加买了一辆灰色的大轮童车，座位上还有不透水的软垫。但是让亚当看着有趣的是，姑姑开始总是嫌贵，可到付款时，却又掏出来一大堆钱，还都是大票，没有一张零钱，还配搭上一个微笑。两个孩子走着、逛着，不知不觉肚子饿得不行了。不是一般的饿，而是前胸贴后背的饿，尤其是亚当，饿得肚子咕咕叫。奥特卡自然知道亚当比她更饿得耐不住了，于是她对姑姑说，亚当想吃东西了。

"哦，天哪，我怎么忘了你们的肚子呢！"姑姑笑起来，"走，看有什么好吃的！"

姑姑带他们进了一家咖啡馆，这里是吃自助餐的地方。一到店里，服务员就给他们每人发一个托盘，接着让他们去排队。他们先拿了几条面包。奥特卡拿了两条，亚当一下就拿了五条，而姑姑只拿了一条。轮到他们拿菜的时候，他们的盘子里多了几根小腊肠，亚当一口气吃了三根。这下，他们的肚子感觉充实多了。现在他们往面包上搁了一根腊肠。这时，一位上了年纪的清洁女工走到姑姑跟前，问："太太，你的娃娃呢？"

姑姑一下惊慌起来，马上开始寻找孩子，奥特卡坐在那里安安静静地吃腊肠，而亚当吃完了盘子里所有的东西，闲在一旁。

"怎么你的童车上没有小孩呀？"

"啊——你说这呀，"姑姑恍然大悟，原来清洁工说的是童车里没有坐着婴儿，她于是轻松地喘了口气说，"这童车是我刚才买的。小孩，

我眼下还没有哩。"

"那就好了。"清洁工说，"我还为你吓一跳呢——以为是你的娃儿跑不见了！"

18

奥特卡摁响了泰莱莎小姐家的门铃。

泰莱莎小姐这时朝门外瞅了一眼，摆了摆她满是银发的头。她穿着家常的旧连衣裙，这样随便的打扮应是外人所不曾见过的，因为泰莱莎小姐每每外出都是打扮得非常靓丽。

"泰莱莎小姐……"奥特卡的声音很细。

"哦，是你啊！"泰莱莎小姐嬉笑着客客气气地把奥特卡请进了自己屋里。

这样的小客人是完全可以不必拘谨的。奥特卡在泰莱莎家也就随便看，她见这个家里到处都是女演员和男演员的照片，这些演员从四面八方——他们微笑着从桌子上、从柜子上、从四围墙壁上向她看。这么多演员，奥特卡一个都不认识。奥特卡琢磨着，这些都是泰莱莎的亲属吧。

"我给您送信来。"

"那让我来看看。"泰莱莎小姐说。

她撕开信封，很快看起来，越读她的脸色越难看。最后她将信揉成一团，显然，她很生气！

"我再也不跟他来往了！"

"跟谁？"

"跟给我写信的这个人。"

"那为什么？"奥特卡害怕起来。都是她不好——她给泰莱莎小姐送来了一封糟糕的信。更不好的是，因为她送来的信，她跟这个人从此不来往了，而奥特卡则是希望大家都和和顺顺、愉愉快快、友友善善地过日子。

"我什么时候在什么地方，人家都晓得。就他一个不晓得。"

"可能，他晓得的。"奥特卡替写信人说情。

"不，他不晓得。"泰莱莎小姐还是很生气，"他不论什么时候、不论什么地方都在睡觉——电影院里，咖啡馆里，电车上，他都是说睡就睡。"

"那您不就只得他一睡，就喊醒他啰？"

"是啊，只得这样。"

"他该不是上的夜班吧？"

"到哪儿他都得上夜班，都怪他是个技师。"

"好了，那我就理解您了。"

"现在你理解了，"泰莱莎小姐笑吟吟地说，"所以，跟他哪儿都去不成。就苦了我了。"

"不过，泰莱莎小姐……"

"你想说什么，奥特卡？"

"我常来跟您做伴，好吗？"

"甭为我担心，奥特卡，我快活着哩。"

19

又到了晚上，两个孩子各自睡一张沙发，姑姑穿上灰色的工作服去上夜班了。她一穿上这工作服看上去就像个男人。从街上隐约传来电车上售票员的声音，墙那边时不时响起文采尔伯伯挂钟报时的清脆响声。

"亚当……"奥特卡轻声说。

"你要说什么？"

"你给说点儿什么吧。"

"说什么呢？"

"随便说什么吧。我什么也想不起来了。"

"你就想咱们乡下下雨吧。"

"我恰恰也是想乡下下雨呢……"

"乡下下雨，先是听见雨滴落在烟囱上的声音，接着是听见雨落在门槛上的声音，再听见雨落在屋顶上的声音，随后听见雨滴打在窗玻璃上的笃笃声。雨就试着下，该下在哪里好，其实它自己心里也没底，不知道到底该往哪儿下好。下着下着，雨就下到咱们睡的小屋子上，下在院子里，下在菜园里，下在果园里，无数无数的雨，到处下。下呀，下呀，

'滴答——滴答——滴答——滴答……'"

"那咱们躲哪儿呢？"

"咱们现在在屋子里，可我想到外面去。"

"那穿雨衣去吗？"

"是呀，我穿上雨衣。"

"亚当，雨已经不下了吧？"

"雨不下了。"

"咱们这里停了，雨下到别的地方去了吧？"

"那是当然，下到草上、树叶上、篱笆墙上……"

"这里，在布拉格，雨就不知道该往哪儿下好了，是吧？"

"有的，也有地方下的，只是雨落下来就砸碎了，溅开了。你睡吧。"

奥特卡闭上了嘴，闭上了眼。她实在很想睡了，只是眼老睁着。睁着眼也会做梦吗？睁着眼根本做不成梦，所以什么也梦不见。梦只能在梦里做，自己的梦别人是看不见的。既然她睡不着，也就梦不成，那便只好自己想，想什么算什么。

"亚当……"

"你要说什么？"

"你还是先别睡。"

"那你要跟我说什么，现在说下雪？"

"不是，我觉着冷呢。你倒是说说，扬娜姑姑只说要从埃及抱个娃

娃来，可她又怎么知道一定是个男孩呢？还没有生呀——她怎么会知道是个男孩呢？"

亚当很想回答妹妹的问题，但他知道，这是他理解不了的，自然也是他解释不了的。

"啊呀，这我也不知道。"

连亚当也不知道，奥特卡觉得自己不知道就用不着奇怪了。

20

早上，两个孩子从沙发上起来，看见姑姑还睡着。姑姑得抓紧时间在梦中抱够她的小弗拉加。因为只有梦不会欺骗她。两个孩子很理解这一点，所以有意不叫醒她。亚当拿起哑铃练臂力：一、二，一、二……他感觉肌肉已经强健了许多。现在他更不怕撞上夏拉，他对这个死对头更可以无所畏惧。亚当如果此刻撞上这条恶虫，他可以一下就扑上去，把积在胸中的火气一下全撒到他身上。奥特卡从厨房里走出来，对亚当说："去洗洗脸，好好把头梳梳。"

"要做什么了？"

"咱们进城去。"

"咱们怎么进城呀，姑姑不是还睡着吗？"

"就因为她还睡着，咱们才可以自己进城。咱们应该到城里去买样礼物给姑姑。昨天姑姑给我买了多好的礼物呀。"

"我懂你的心思了。她的心肠这样好，对咱们想得这样周到，咱们

也得买样什么礼物送她才好。"

"好吧，那咱们走。"奥特卡和亚当出发到城里去。亚当口袋里只有十个克朗，因为他的妈妈以为男孩不需用什么钱，不像女孩，所以奥特卡身上倒是有二十克朗。两个人凑起来，有三十克朗。三十克朗可以买样什么东西呢？

然而一走出去，奥特卡就怕起来了。

"咱们怎么办呢？布拉格人这么多。"

布拉格人多，却并不差他们兄妹两个呀。问题只在于他们该往哪个方向走？亚当走在前头，奥特卡在亚当身后跟着。只要看见商店橱窗，他们就站下来看看，看里面都陈列些什么，卖些什么。他们希望能买一样适合姑姑用的或适合小弗拉加用的东西。

他们在一家儿童商店的橱窗里，看到一双适合幼儿弗拉加穿的小绒鞋，穿上就可以把小脚都包住。他们决定买这双小鞋。小鞋的标价是十六克朗，这钱他们出得起。亚当掏出他口袋里的十个克朗，不够的由

奥特卡贴上。这样一来，奥特卡知道亚当口袋里就一个子儿也没有了。因此她决定借给亚当几个钱。但亚当不要。他觉得没有钱，就再不用去想钱的事儿了，心里反而轻松愉快了。奥特卡为亚当的高尚而喜出望外，这样大家都不用为没有钱而犯愁了。

"你知道吗，"奥特卡亲和地微笑着说，"这双小鞋，我原本打算由我来给姑姑，一见她就给她。"

"给吧，你给吧！"亚当不懂奥特卡的意思。

"可现在我改主意了。咱们俩各拿着一只，你给她一只，我给她另一只。"

"就依你吧。"

"这样，姑姑就会从我们两人手中各得到一只小鞋，并且她会知道，是咱们俩共同一起想到她、想到她的小弗拉加。"

21

一群幼儿园的孩子穿街走过。他们在街中心停了下来，不走了。轿车、电车、步行的人，亚当和奥特卡都随着停了下来，走不了了。幼儿园娃娃一大群哩，叽叽喳喳，哇啦哇啦，尖声尖气地嬉笑着、叫嚷着、蹒跚着、摇摆着碎步往前挪动。让亚当和奥特卡弄不懂的是，他们的脸蛋一个跟一个很难分辨出来，连男孩、女孩都没多大区别。这都是因为他们穿的是同一种样式、同一颜色的衣服。

亚当跟在奥特卡后面，看着这群小不点儿过街。奥特卡看呆了，眼

睁睁得大大的，笑得合不拢嘴。她喜欢得蹦跳起来，就跟穿街走过的幼儿一般。连她的连衣裙缝制样式都跟眼前的孩子差不多。

　　一个小姑娘竟向奥特卡伸过小手来，拉住她，让她一道走。奥特卡也就混在娃娃队伍里，看不分明了，而亚当则仍傻站在那里。一时，他没有想跟着奥特卡跑。他怕什么呢？让妹妹就跟小孩子们玩玩吧。奥特卡一直不停步地跟着小娃儿们走着。这没有什么大不了的，就让她当一回小娃儿吧。亚当很懂奥特卡的心思：奥特卡非常爱同小女孩们在一起。亚当挪着步子，同幼儿园孩子们一同走下阶梯，走到了幼儿园门口。他远远看着自己的妹妹和幼儿们在一起，心里十分惬意。他看到奥特卡被小女孩们围着，笑吟吟地跟她们一同手舞足蹈。他只是心里有点儿不好受——他的妹妹跟女娃儿们在一起，就连眼角都不朝他这边瞄一瞄。当小孩儿们走进幼儿园

时，他决意亮开嗓门叫一声"奥特卡"。他走近幼儿园的大门，叫道："奥特卡！奥特卡！"

　　然而，奥特卡连头都不扭一下。她同小娃儿们说话说得太投入了。女娃儿们紧紧拉住她的双手。幼儿园的保育员看到了亚当，走过来同他

说：“你走开，她不认识你。”

“她可是我的妹妹呀。”亚当试图解释。

“我们的小孩里就没一个叫‘奥特卡’的女孩……”幼儿园的女保育员说，说完，就将背对着亚当，同时把最后一个小娃儿让进了幼儿园大门。

亚当看着女保育员，想跑过去对她说，让她相信：奥特卡不可能留在这里，他得带她一同回家。他无论如何得让她知道，做哥哥的不能自己回家而扔下妹妹不管，他得为自己的妹妹负责呀。可是，一本正经的女保育员压根儿不理会他，她径自走进了大门。于是，亚当就一个人被关在了幼儿园大门外。

现在可怎么好？现在他该怎么办呢？亚当知道，他不能只傻愣在这儿而束手无策。他到过道上去听幼儿园里传出来的响动。整个幼儿园像是一锅烧开的粥，只听得孩子们震耳欲聋的叫嚷声，有尖叫的，有笑闹的，有放声唱歌的，有高声说话的，有朗声吟诵的，总之，呜里哇啦，什么声音都有。过道上还不许停留，这里有告示，不得长时间在此驻足往幼儿园里张望。他从外面向里面喊奥特卡的名字，奥特卡也不可能听见的。他求告保育员，请她行行好，放他进去找妹妹，但是始终不被允许。这种情况下，凭他自己的努力是根本进不了这座堡垒了。亚当没辙了，无奈之下，唯一的办法就是赶快去找个大人来为他救援了。亚当该到哪里去找人来给他救援呢？亚当该请谁到这里来帮助他把妹妹从幼儿园里找出来呢？当然，只有去请文采尔伯伯。

22

　　亚当激动地说完了他今天遇到的麻烦，文采尔伯伯立即就明白了亚当现在的难处。今天，说实在的，他不像平常那样把胡子刮得光光的，但是一听完亚当的诉说，他的眼睛就闪出小钟摆般的光亮——光亮里透出了乐于助人的良善。

　　他立马暂时搁下他手头修理钟表的活儿，跟着亚当到幼儿园。管理严格的保育员起先不相信文采尔伯伯，左右盘问他：这个亚当会不会是个捣乱分子？不过当她扫了一眼小女孩聚集的地方，很快就发现了她们中间的奥特卡——她的年纪要稍大一点点，服饰也同幼儿园的孩子略有不同。刚才之所以没发现她，是因为奥特卡一加进幼儿园孩子的队伍，就带领孩子们一会儿跟一些小女孩跳舞，过一会儿又跟另一些女孩唱歌。小女娃儿们非常乐于奥特卡跟她们在一起，于是就围住她手舞足蹈。一个小女孩还把一只小狗玩偶塞进了她手里，另一个小女孩把一只小松鼠玩偶递给她，还有一个小女孩给了她一只小黄鸟玩偶。奥特卡摆动双手，把小女孩儿们塞给她的小动物玩偶都一一推开。

　　保育员走到她身旁，将她拉到一边，拉到走道上。奥特卡竭力甩开她。但是，当她一眼看见文采尔伯伯站在走道上，他的身边站着亚当，她就一下回过神来，想起自己是谁了。

　　"文采尔伯伯！文采尔伯伯！"她笑得那么开心，那么灿烂。

　　"瞧，我们等到你了。"文采尔伯伯很有礼貌地说。

　　"亚当，你在这里。"奥特卡对着亚当只是笑，连亚当为她担忧的神

色她都没有觉察。

"我们的幼儿园已经超员了，"女保育员认真地说，"可要是你们愿意把奥特卡留在我们这里，我们会非常欢迎。我甚至于把她混同了我们今天没有来上班的阿珀莲丝卡了。只是，你们的奥特卡抵得上五个阿珀莲丝卡。"

"这我看出来了。"亚当心里想。

"谢谢，谢谢，"文采尔伯伯显然不知怎么回答好，他一脸迷惘，像是怕忽然失去什么宝贝似的，"两个孩子只是来布拉格住些日子，他们不久就该回他们的乡村去了。"

"原来是这样，这我没有想到。"严肃的女保育员说。说着，就把两个孩子和文采尔先生送到门口。

两个孩子走在前面，文采尔伯伯在后面跟着。奥特卡时不时回头，嘴里轻轻念叨着什么。

"你还舍不得离开吗？"亚当问。

"是啊，我是还想再多玩一阵儿。"

"奥特卡，你好像不是以前的那个奥特卡了。"

"你说什么呢，"奥特卡怕起来，"你还要像以前那样看我才是！难道我不是以前那个我？你不认得我了吗？你想着我根本不是以前的那个我了吗？"

"我没有那样想，你还是以前的那个你，你还是我的妹妹。"

"那为什么你总是一点儿笑容也没有？难道发生了什么叫你不愉快

的事吗？我很喜欢这样的地方,很可惜,咱们沃卡尼没有这样的幼儿园。"

"你像猫,很快就能在一个生人家里待下来。其实在那里,你能做什么?不就跟孩子们扔玩具玩玩吗?"

"等等,等等,孩子们,听我说!"老钟表修理匠文采尔在他们身后喊,"我好像听到有谁在叫你们的名字:亚当·克拉尔,奥特卡·柯拉洛娃——这叫的是你们吧?"

两个孩子也隐约听到了有谁在叫他们的名字。

"那就是说,姑姑醒来了。"孩子们害怕起来。

他们两个立刻撒腿往家跑。一个台阶,两个台阶,三个台阶……十个台阶,眼看他们就到家了。

文采尔先生在孩子们后面紧追忙赶,却总也赶不上两个孩子——他显然感觉到自己又老了许多。

23

这样的姑姑,亚当和奥特卡过去从来没见过!她看人的那双眼睛,就是睁得小的时候也有龙眼那么大。眼睛里像是升腾着烈焰,由里向外激溅着雷鸣,喷发着闪雷。

"我先是把绳子拴好……"

两个孩子只是听着。

"然后把被单晾出去……"

两个孩子不言语。

"接着我做好午饭……"

两个孩子低垂着眉眼。

"再接着我向警察局报告……"

两兄妹简直想钻进地缝里去。

"最后我不得不去电台里寻找你们。"

奥特卡开始明白姑姑说的是什么了。

"姑姑，您请别这样。都是我的错。是我走迷路了。"奥特卡打破了沉默。

但是亚当像是遭针刺了似的。他不能不开口说话了。

"姑姑，今天的事都怪我，是我没管好奥特卡。"

"你迷路，上哪儿了？"姑姑的话里，明显有一种好奇。

"我进幼儿园了。"

"你没说谎？"

"是真的，半句不假。"

"你还是一个幼儿。一个幼儿走着走着走进了幼儿园！这没有什么好责怪的。"

姑姑严峻的目光审视着两个孩子。她的目光很有穿透力。她似乎已经相信两个孩子都没有说谎。可惜的是，她的目光还是没能透入两个孩子的心灵。两个孩子并不以为自己做错了什么，事实也确实是没有做错什么。没有做错是没有做错，可姑姑等他们回来吃饭，为不知他们去了哪里而着急、而焦心，这也着实让姑姑生气，也难怪姑姑要

对他们发脾气了。

孩子真的也只是迷路了。他们也不是存心要让姑姑着急、焦心，不是有意要惹她不高兴。事情竟原来是这样，姑姑更感到面前两个孩子很可爱。奥特卡估摸姑姑的雷电和风暴已经过去，就窃窃地笑起来。

"我生气，你觉得好笑是不？"姑姑又说话了。

奥特卡意识到自己笑得不是时候，就设法再把气氛缓和下来："姑姑，您不知道我们给您捎回了什么！"

"当然，我哪里会知道？"

"亚当，你把你的右脚鞋拿出来，我把我的左脚鞋拿出来。"

"这是什么呀？"

"给弗拉加的。"

"你们去给弗拉加买鞋了！"姑姑终于舒心地笑了出来。

兄妹俩把白色的小婴儿鞋拿出来——奥特卡那只是左脚的，亚当那只是右脚的。它们像一对小小兄弟站在姑姑面前。而姑姑此时看到的不只是鞋，还看到了自己儿子的小脚。当然开始儿子只会躺着，可慢慢地，就会穿上亚当和奥特卡买来的鞋自己走路。这是她的孩子呀。

姑姑霎时间变得漂亮起来，她非常幸福。刚才的恼怒全冰消雪化。现在该拿孩子们怎么办？首先，第一件事，不用说，是用午餐啰。

24

挨近傍晚的时候，苏克先生，就是孩子们该叫"姑父"的姑姑的丈

夫回来了。他高高大大的，很帅气，穿着很讲究，看起来很悦目。制服是天蓝色的，额头高耸，两撇胡子给他的脸增添了特殊的魅力。姑父是民航飞机驾驶员，可一举一动看起来都十足是一个军人。十有八九，他过去曾长期在军队里任职。亚当觉得，他随时准备出动去开车、开飞机，可能会转眼之间怒气冲冲又转眼之间笑意盈盈。姑姑认为他特别善于思考问题，有思想。

奥特卡一下投进了姑父的怀抱，不过马上又挣脱开了，她这么重，姑父能长时间抱她吗？奥特卡问了他许多问题。

"你在哪里？"

"我一直在埃及。"

"埃及离我们这里很远吗？"

"在大海那一边。"

"在那里，你都见到些什么？"

"你是说我在开罗大街上？"

"是呀。"

"你就想象这样一番情景：一个人把面包串挂在木杆子上叫卖：卖面包哟，卖面包哟；另一个人赶着毛驴，叫声比他还要响亮；第三个用高嗓门在夸耀他烘烤的饼子，边喊边驱赶苍蝇……"

"那您做什么呢？"

“我向一个男孩买了些椰枣——他的眼睛睁得很大，像镶在脸上的两个盆子。”

“给我吗？”

“给你，也给亚当。”

“那椰枣呢？”

“在我挎包里呢。”

“我相信是的，”奥特卡说着乐颠颠地笑开了，“给我说说，埃及话里‘五’怎么说？”

“你想学说埃及话？”

“是呀。”

“哈姆扎。”

“这下好了，”奥特卡欢叫起来，“现在，我可以到我们村子里去叫‘哈姆扎、哈姆扎’了，那里，谁也不会知道这‘哈姆扎’就是‘五’的意思。”

“除了我。”亚当说。他很想早些从苏克姑父那里得到他要给自己的椰枣。他很想问姑父干的工作都是什么样的。

“姑父，开飞机难吗？”

“会了，就不难。”

“您开飞机的时候，都注意些什么？”

“要全神贯注，要注意到目前自己是在什么位置。”

“这就行了吗？”

“还需得知道上面有什么，下面有什么，哪里亮，哪里暗。哪里可

以降落，哪里不可以。"

"有您不想飞的时候吗？"

"有的。"

"什么时候？"

"当飞机上坐的人太少的时候。"

"我懂了。"亚当说。

姑父心里想些什么，亚当全明白了。姑父就希望他的飞机坐满乘客，最好是一个位置也不空。亚当自然也会是这样的，这样干起活来才有劲。另外，亚当还有一个问题："您一次也没有从空中掉下来吗？"

"还没有。"姑父平静地回答。

"你怕是不敢说吧！"这时，姑姑说话了。她在厨房里，似乎不在听，其实她一直在听姑父跟孩子们说话哩。

过了两分钟，她过来，把姑父拉到一个房间里去。姑父将在那里吃饭，姑姑会在姑父吃饭时告诉他近几天来的消息。姑姑对埃及的话题早已没有兴趣，这会儿，她更大的兴趣在童车，还有为孩子添置的东西，再就是他们期待已久的小男孩。她的丈夫最关心的也是这些事情。他嘴里塞满食物的时候，也还在说话。是这样的：吃饭并不影响想事情，吃饭时照样可以表达心中的快乐。

25

姑父穿上了日常的服装。他想带孩子们去参观机站大楼。机场的一

切，孩子们当然是第一次见到。整幢机站大楼都由玻璃造成。机场的一切对孩子们来说都充满诱惑。但是姑父为什么不穿飞行员的制服，要换成平常老百姓穿的衣服呢？

"这样别人就看不出我是飞行员了。"姑父边笑边捋着自己的胡子。他希望他的农村亲戚能够看得更多更好。他现在很快要做父亲了，他想以后要抽更多时间来关注关注孩子的事。

车子只坐得下三个人，姑姑就留在家里。机场的一切，姑姑看得多了。她得赶紧准备上路的东西。姑姑要上哪里去？奥特卡很想问，可她不敢，她怕被姑姑认为多管闲事。

奥特卡宣布她要坐在姑父身旁，说是坐后面她怕。亚当一句话也没说就坐到了后面的座位上。他们很快就出发了。姑父的车子开得好极了，他们一下就像坐上了飘动的云彩。行人都给他们让道。姑父减缓了速度，接着又加快了速度。亚当总是觉得紧张。奥特卡一句话也不说。姑父笑着。

他们把车子停在机站大楼旁边。楼很大，除了玻璃就是钢铁。这里，在屋子里一样可以看到天空。人在这里都变成了鸟。比起农村来，孩子们在这里神经总是显得有些紧张。玻璃门像是知道他们到来，不等他们伸手去开，就自己往两边打开了。这玻璃门能知道他们来？后来才明白，玻璃门也不是只为他们开，谁来它都会自己开。

在宏大的机站楼里，两个孩子觉得自己变小了，心里总不免有点儿慌兮兮的。其实，此刻和他们在一起的姑父对这里的一切都了如指掌。他是这里的重要一员。要知道，姑父是民航机机长哪。亚当非常羡慕姑

父会开飞机，当机长。

他问："姑父，您在这里说话有人听吗？"

"不会有人听的。"

"那为什么？"亚当弄不明白。

"因为我今天没有穿机长制服。"

"您的机长制服不在家里。"

"再说，我四天才开一班，下一班得在四天以后。"姑父继续说。

"原来是这样！"亚当点头说。

姑父在这个机场里也只是一个普通人，跟他们乡村孩子是一样的人。这简直令人难以置信，因为事实的确是没有一个人来注意苏克机长。机场里的人太多了，一部分，一眼就能看出来，是来搭飞机的老乘客，一部分，慌慌张张，是想要早点儿飞走的旅客，第三部分则是来这里随意走走的人，除外，机场里忙碌着许许多多地勤人员和服务人员：许多事情都得找他们，有的要咨询什么，有的要买机票，有的要转售机票；此外，还有些关税人员，还有行李装卸人员，还有清洁工……在柠檬汁销售亭旁边，奥特卡意外见到了泰莱莎小姐。奥特卡一下觉得口渴得不行。

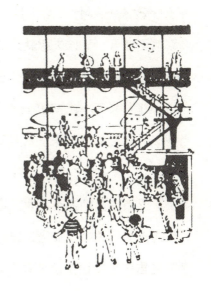

姑父领着两个孩子到柠檬汁销售

亭边，泰莱莎小姐给奥特卡做了个招呼的手势，像是要对她说什么。奥特卡对她眨了眨眼睛，表示明白了。

姑父带两个孩子到栏杆边。他们在这里看见了什么？看见了一条他们望不到头的水泥跑道。那里有一架飞机正向空中轰隆隆升腾而起，而另一架飞机则正轰隆隆降落到地面。另外还有好几架飞机向航站大楼飞来，飞机发动机的响声让两个孩子感觉太吓人了。在飞机与飞机之间，汽车、载重车、行李车在穿梭行驶。机站大楼的扩音器里不断传出来响亮的说话声，忽然，静了几秒钟后，扩音器里有一个声音在呼唤苏克，让他到飞行事务大楼去。姑父直摇头，他对两个孩子说："你们在这里等我一刻钟。"接着指了指一条白石镶成的警戒线，让他们在线外等。

好动的奥特卡这时也不能好好安静几分钟。她用命令的口气对亚当说："你跟着我，但装作不认识我。在我后面看住我。"

"你又想出了什么新主意？这么神秘！"亚当警觉地说。他不再什么都信奥特卡——说失踪就失踪了，瞬息间她就不知去向了。

奥特卡到柠檬汁销售亭旁去跟泰莱莎小姐说悄悄话了。亚当记起来，奥特卡在泰莱莎小姐家里坐过一阵子，她们相熟。奥特卡回来，吩咐亚当把一张电影票装起来。亚当看见，奥特卡又忽然想出一个新点子。她转动着身子，前后左右来回转，那副眼神像是她已经有十五岁了。好了，好了，亚当想，她甚至没有问这电影票是怎么回事。他干吗多管闲事？这样调皮的小姑娘，亚当还跟她计较什么？过了几分钟，亚当和奥特卡已经又站在姑父指定的位置上。姑父回来，对两个孩子说："看见了吗，

虽然我穿的是老百姓衣服，他们还是发现了我。"

"他们叫您去做什么？"

"更换我的航空线路。过三天，让我去飞西非，飞科纳克里。"

"瞧瞧，姑父，"亚当得意洋洋地说，"没有您，他们的事情就办不成。除了您，没有人会飞科纳克里。"

26

晚上，两个孩子早早就被打发睡觉了，但是他们怎么也不能进入梦乡。这是很好理解的，他们在喧闹声中度过了一天，也激动了一天。现在他们对布拉格已经不陌生了——连布拉格的机场他们都进去看个仔细了。他们为了自己能睡去，就用起了他们惯用的老办法。

"你记得不，亚当？"

"记得什么？"

"咱们和亚瑟，三个人偷偷去看松鼠窝。"

"是森林边上那棵大橡树吧。"

"那会儿天气怎么样？"

"风刮得呼呼的，很可怕。"

"是的，是的。我记得清楚呢。亚瑟那回被从一根树枝上刮下来。"

"疼得他嗷嗷叫呢。"

"还不错啦，亚瑟还算有男孩的样子。"

"咱们的猫那天也很不赖的。"

"咱们的猫马上就跑过去，轻轻在他身上磨蹭，安慰他！"

两个孩子抚摸着被子，这就是说，他们要睡了。亚当几乎睡着了，而奥特卡开始犯困。她为一件事想得很多。其实想也没有用，不过她还是要想。

"亚当！"

"你要说什么？"

"你有没有想过，弗拉加会比咱们的弟弟亚希马的个子大吧？"

"他还没有生出来呢，你能知道他比咱们的弟弟小还是大？"

"可能，他会比咱们的亚希马好看？"

"瞧你又来了！"亚当生气地说，他说着甚至欠起身、抬起头来，"有谁会比咱们的亚希马好看？"

"当然，不会有的。"奥特卡大吸了一口气，就睡着了。

亚当想，奥特卡真是个聪明的小姑娘。她比他六岁时要聪明多了。当然，跟今天的亚当，那是不能比的。今天的亚当已经知道，人们在这个世界上都是怎么生活的。

27

早上，姑姑、姑父家的住宅里像是发生过地震。所有的衣服都挂在椅背上，所有的橱柜门都洞开着，所有的抽斗都被拉出来，地毯被翻了过来，四周都是一包一包的食品，还有，箱子统统都开着盖。姑姑在屋子里东颠西跑，忙得不亦乐乎。看得出她心情激动，而站在一旁的姑父

则无动于衷。两个人的神态跟平常很不一样，截然是两副样子。奥特卡一看就知道自己不该去多问、多管，也不便去打听、去探询，去弄个明白。亚当在这新动态中倒是看出了点眉目，意识到事情正在起着变化，但不知道这新发生的事究竟会是什么。奥特卡看出来，姑姑的样子，少说吧，年轻了十岁。她今天穿起了潇洒的短裙和漂亮的短衫。嘴唇上抹的口红比平时更鲜更艳，脸上明显搽过了敷面膏。她说话的声音也高了许多，听起来脆亮、悦耳，跟年轻姑娘没有什么两样。姑父也有了相当大的变化，他的胡子刮得很细致，连一丝胡茬也看不见。这些亚当都看在眼里，他想：这是要发生什么事了？

　　亚当顺着自己的思路一直想下去。亚当承认，刮去了胡子的姑父看上去要快活许多。随着胡子的消失，姑父脸上那种沉郁的神色也去无踪影。他的脸上也常挂着笑。亚当从心底里感觉到姑父的行动也倍加亲和了。亚当还没有长胡子。要是他忽然长出胡子来，那他将会毫不迟疑地马上刮掉。干吗要让自己老十岁呢，干吗十一岁的男孩看起来像个老爷爷似的？姑姑在厨房里喊两个孩子。

　　"是这样，孩子们……"她显然又有重大事情要对两个孩子说，可没说完又忽然收住了话头。

孩子们感觉到庄严而重要的时刻要开始了。他们看着姑姑的嘴，看她继续往下说什么。

"今天我们要做爸爸、妈妈了！"

"姑姑一旦成了妈妈，就比我们过去的姑姑要美丽多了。"奥特卡用外交语气接话说。她的眸子里透映出明亮。她一直在轻柔地抚摸着姑姑的手。

"这话用来说我们的姑父，也一样适合。"亚当补充说。

"我和孩子的爸爸将一同到莫拉瓦去，后天带上我们的小宝宝一同从莫拉瓦回来。"

"到莫拉瓦去？"奥特卡震惊地问。

"到莫拉瓦去？"亚当也惊异地问。

"那里，有一位妈妈将送给我们一个儿子。她已经有五个孩子了，第六个希望我们去将他抱来收养。"

"一个家里有五个孩子，的确也是足够了。"奥特卡发表自己的看法。

"弗拉加将成为我们收养的儿子，但孩子本人不知道，你们现在要答应我们，你们保证永远不把这个秘密告诉任何人。"

"姑姑，这是不用说的，是自然、应当的。"亚当安抚姑姑。

"我会把这事忘得一干二净的。"奥特卡说。

"最好是，忘得光光的，不留一丝记忆。"姑姑说，"我们把孩子抱来，当即就忘了他是从莫拉瓦抱来的。他从一开始就是我们的。"

"你们没从莫拉瓦回来前的这些日子里，我们怎么过哩？"亚当关

切地问。

"你们可以自己去看看布拉格呀。"

"这比我们想的还要好！"

"你们还可以到皮特鲁欣去看看普罗夸普。普罗夸普是从沃卡尼来的你们的堂兄弟呀。"

"可别又迷路了，别钻到车子底下去哟。你们知道，布拉格的车都开得很快。"

"我们已经见过布拉格的车子开得有多快了。"奥特卡听话地点点头。

"你们两个别走散了，一个找不到一个。"

"我们再不会走散了。"奥特卡说。

"我也不会再把自己走丢了。"亚当说。

"吃的全在冰箱里，被子要盖好，窗户要天天开。不说你们也知道，水龙头要关紧，煤气要关死。这屋子里别让陌生人进来。都记住了吗？"

"好了，该说的都说了。"姑父说，"你很快要升级做妈妈了！"

"姑姑，您很快要升级做妈妈了！"亚当跟着姑父说。

"姑姑，您很快要升级做妈妈了！"奥特卡笑得很甜。

28

文采尔伯伯不让孩子们自己进布拉格城去。自己进城，孩子们竟想得出！文采尔伯伯一听孩子们的要求，就即刻放下手头细小的齿轮，中断他修钟表的活儿，准备带着孩子们进城。以前，每次都是这样，他自

己陪伴孩子们，做他们的向导。

"太好了！"两个孩子都很高兴。

亚当看着文采尔伯伯灵巧的手指，说："文采尔伯伯，您对各种钟表一定都很熟悉了！"

"你这样想吗？"

"那，别的，您还会什么呢？"

"别的嘛，就不会什么了。"

"您总还会点儿别的什么吧。"

"别的，我会在布拉格生活。"

"这是什么意思？"

"这就是说，记住别人的相貌，跟别人交朋友。"

"这我在乡下也会。"奥特卡说，她觉得这中间没有什么难的。

"可我不知道怎样才能交到朋友，"老钟表修理匠说，"你们会，你们倒是在这里，在布拉格交几个朋友给我看看。"

"怎么样，亚当，试试吧？"

"好吧。"亚当说。

他们于是穿过几个居民区，到了布拉格广场。在这里，布拉格就都展现在他们眼前了。

捷克人在这里用上千年的时间建造起自己的宫殿。这里，多少个世纪的捷克人付出了辛勤的劳动，多少个世纪的艺术家和工匠发挥了他们的智慧和想象力。这宏伟的大门，这精致铸造的窗栅，这石板铺砌的院

子，这教堂的尖顶，这庄严的神殿！孩子们一下就理解了：眼前这个，就是布拉格。只有当你看过这一切的时候，布拉格城才会永远矗立在你心中。

让奥特卡最感震撼的是布拉格城大门。这里两边都有卫兵站岗。卫兵一动不动，眼睛一眨不眨地久久伫立，他们的眼睛上都戴着一副黑色的太阳镜。这样木头桩子似的纹丝不动，是真的人呢，还是假的人？于是奥特卡壮了壮胆，向士兵凑过去。她这是想让文采尔伯伯瞧瞧，她这从沃卡尼村来的小姑娘现在有多神气。奥特卡站到了士兵身旁，把挺立的士兵从头到脚仔细打量了一番，看过他的蓝色制服，再看他的铮亮皮鞋，然后说："你往哪儿看呢？"

士兵不说话。

"你怎么的，没见我站在你身旁吗？"

士兵还是默然不语，也没有笑容。

"你倒是好好看看我，我站在这里，站在你面前。"

士兵连眉毛都没动一动，像是她身边站着的一尊石像。

奥特卡非常失望，走回到亚当和文采尔伯伯身边。她相信，士兵不理她的原因，都怪他眼睛上架着的那副眼镜。奥特卡想同他交朋友，结

果那士兵因为黑眼镜的缘故连看都没看她。文采尔伯伯只叹了口气，而亚当就对她笑。"傻呀，"奥特卡想，"他笑什么呀！"奥特卡寻思着，甚至为他的傻笑而绊了他一脚。亚当趁文采尔伯伯不注意，拍了一下奥特卡的后脑勺，给了她一记脖儿拐。

他们接着往前走。走进第二道门，看见一个小教堂和一个喷水池。走进第三道门，在他们面前矗立的是一座神殿。两个孩子抬头才望见了神殿上方的尖塔。这殿、这塔，都是怎么造的呢？而更让奥特卡感兴趣的问题是，那尖塔上有燕子在筑巢吗？亚当以为，燕子倒不会有，可能里面会躲着蝙蝠。奥特卡还想再去试着交朋友。这回是想去同一位金发女子交朋友，她一眼看过去就喜欢上她了。只是，当奥特卡过去同金发女郎打招呼的时候，回答她的是她从来没听过的话，奥特卡一句也听不懂，相互交流就更是谈不上了。这下，奥特卡才突然悟透了一个道理：在布拉格，要交个朋友，看起来的确不易呢。

一个个子细瘦的男孩从他们身边经过，穿过一道拱门进到一个院子。亚当不由得一怔。这个白墙脸、黑卷发的男孩——是夏拉？对，很可能就是他。亚当闪电般急速地思索着：今天上午早早出来，就没有练哑铃。不过他很快镇定下来：昨天练的也为今天积蓄了功夫呀！

"等等我，"他对文采尔伯伯和奥特卡说，"我马上回来！"

"出什么事了？"

"我在这里看见了一个眼熟的人。"

"亚当对人相貌的记忆力超强。"文采尔伯伯说，奥特卡也证实了伯

伯的说法。文采尔伯伯说奥特卡不去记人的相貌，那么在布拉格就不能结识人，但是对亚当的夸奖就让奥特卡意识到：文采尔伯伯是在暗中说她，要交上朋友，她的机灵劲儿还不够用呢。

不过，文采尔伯伯夸奖亚当显然夸奖错了。亚当追上那个男孩，绕到他前头拦住了他的去路，那男孩马上甩过来一句："干吗，你滚开！"亚当立刻就让开了路。这个男孩压根儿不是夏拉，脸面似乎都不太相似。亚当只好自认草率，灰溜溜地回来了。亚当的失望是很明显的：因为一切都写在他脸上。但是亚当大声说出了他自己的错误：他为了阻拦一个熟人，结果阻拦了一个陌生人，讨了个没趣。

"别太扫兴了。"奥特卡安慰亚当说，"这里跟咱们沃卡尼很不一样。我还是喜欢在沃卡尼，到处随意走，哪儿也碰不到车子。"

"是啊，我也这么想。"亚当嘟囔着。

"孩子们，走吧，咱们还有许多该去看看的地方还没有去呢。"文采尔伯伯说着，就带领两个孩子往前走。

29

　　两个孩子在布拉格街上走啊走啊，走得脚都发疼了。文采尔伯伯带他们走进一个餐馆。这个餐馆里木椅、铁椅倒是不少，可就是不能宽宽畅畅、舒舒服服地坐下来用餐。两个孩子在布拉格随意走，随意看，就感觉这里太挤了。奥特卡对谁都想打打招呼，跟谁都想说说话，希望大家都来注意她，应答她。

　　"文采尔伯伯，这餐馆怎么这样小呀？"

　　"不小，不小，"文采尔伯伯点着头说，边说边去捋他的胡子——他忘记自己今天已经把下巴上的胡子都刮光了。

　　亚当在布拉格城里什么熟人也没碰上，正感到沮丧哩，文采尔伯伯安慰了他几句。文采尔伯伯要向两个孩子证明他在布拉格也算个老钟表修理匠，因此，他很想在今天多跟人打打招呼，多跟熟人说说话，向两个孩子证明他在布拉格城有好多熟人和朋友，可惜，今天他一个朋友、一个熟人也没碰上。亚当见到一个样子有点儿像夏拉的人，却又不是夏拉。

　　文采尔伯伯开导亚当说，熟人也有各种各样的，有的熟人不记起比记起还要好，有的人想认识，但总没有认识的缘分。

　　奥特卡这时把餐馆看了一遍，墙上贴的画画的是古老布拉格的生活景象，人们各自坐在餐桌边悄悄吃自己的，唯一的响声就是刀叉相碰相击的声音。

　　"在这里可以咳嗽吗？"奥特卡问文采尔伯伯。

"可以。"

"说话得小声吗？"

"不用，说话可以大声。"

"难道，大声嚷嚷也没有关系吗？"亚当羡慕奥特卡有一副尖嗓子，可以把话说得很亮。确实，今天如果她想，她就可以让眼前的这些陌生人见识见识这从沃卡尼来的小姑娘的尖嗓子。但这样做有必要吗？完全没有必要！

服务员给他们上了汤。热气腾腾的汤闻起来很香，让他们顿时胃口大开。奥特卡用勺子喝着，样子十分满足。

"世界上没有人知道我们在这里，姑姑也好，妈妈也好，都不会知道。"

"沃卡尼没有一个人知道我们现在坐在这个餐馆里。"亚当接嘴说。

"没有人知道我们现在坐在餐桌边。"

"没有人知道我们正在接受服务员的服务。"

"也没有人知道文采尔伯伯坐在餐馆里吧？"

"是啊，是啊。"文采尔伯伯微笑着说。

"没有人知道现在我们在喝汤。"

"也没有人知道我们在笑。"

"也没有人知道您在微笑，是吧，文采尔伯伯？"

"是啊，没有人知道你们在笑，我也在笑。"文采尔伯伯说，他真的乐呵呵地笑起来。

"咱们吃什么呢……咱们究竟吃什么呢？"

"烤嫩鸡，热腾腾的。"

"都喜欢吗？"

"在布拉格郊区，在这里，你最喜欢吃的是什么？……"亚当问奥特卡。

"什么都喜欢！"奥特卡想都没想，就这样说出了她的回答。

"什么都喜欢，"钟表修理匠文采尔伯伯赞成说，似乎今天他还是头一次看见了布拉格，"你记住今天咱们到餐馆里来用过餐，奥特卡。"过了一分钟，他又补上了这一句。

奥特卡无语，只点了点头，因为她的嘴里塞满了烤嫩鸡。

30

奥特卡把亚当留在厨房里，她自己上小店买东西去了。小店就在近旁，也就几步路，穿过一条街就到了。这里每天都很热闹，车声、人声、脚步声不断。奥特卡忽然心生了一个念头：等车停了，我闭上眼快快过街。奥特卡从乡下来，特别机灵，知道自己什么时候该做什么，什么时候不该做什么。她等了一会儿，就闭起眼睛往街那边穿行，等她睁开眼，她已经站在了她要去的店铺前面，在这里她看见一个年轻的售货员。她应该把一张泰莱莎小姐让她转交的电影票递给他。泰莱莎小姐给她描述过那个年轻售货员：头发散下来，垂到额前；他总是很忙，不过他的手脚很麻利。奥特卡站在柜台前。年轻的售货员把一个顾客送走，才发现一个小姑娘站在他的柜台前。

"你找谁？"他问。

"找您。"奥特卡回答。

"真的？"

"我给您带来一张电影票。"

"太好了。我早就想到电影院看场电影了。"

"您知道这电影票是谁给的吗？"

"不知道。"

"是一位小姐给您的。"

"那我怎么认识她呢？"

"她会坐在您身旁的。"

"坐我左边还是坐我右边？"

"右边。"其实，她也没有问过泰莱莎小姐，她疏忽了。

"那我记住了——小姐坐我右边。"

"您最好记住她的样子，她有一头漂亮的银发。"

"我就喜欢银发。"那个售货员开心地笑起来，"可你怎么知道，这电影票要给的正是我呢？"

"泰莱莎小姐说过您的相貌。"

"她给你说起过我的名字吗？"

"是。"奥特卡先点了一下头，可随即她又想起泰莱莎小姐并没有向她说起过他的名字。

奥特卡干吗对她不知道的事点头呢？可这是她的错吗？不，错在售

货员自己。他不该问她这些个愚蠢的问题，问得她不好回答。她不知怎么回答售货员一连串的问题时，又总是回答得很肯定。而现在连改正的机会都没有，因为售货员又忙着去回答顾客这样那样的问题了。奥特卡回来了。她很高兴自己把电影票转交了，然而却又心里发毛：这事情将会怎么收场呢？

31

两个孩子经过一个古老的修道院，到姑父说的皮特鲁欣去，去找他们的老乡叶世卡·普罗夸普。那里，放眼处处都是残垣断壁。这样破败的修道院到处都有，他们想起自己的家乡，破落的修道院里有许多苹果树和梨树，一排接一排，树上的鸟儿成群成片，忽而一同飞起，忽而一同落下。宽宽的路伸向四方，到处可见早年扔下的修道士穿过的鞋子，到处都是望不到头的杂草，草上有虫在那里爬动，这里的空气跟乡村没有两样。太阳灼烤着乌云般飘动的黄蜂，嗡嗡嗡地响得他们心生惶恐。奥特卡于是急忙躲开。好在黄蜂自己想起了什么，便又飞远了。这是个什么地方？这让两个孩子感到有一种乡野味道的是一个什么地方？

"蜜蜂和黄蜂，哪一种蜇起人来更疼？"奥特卡问。

"黄蜂。"亚当回答。这时他忽然看见路上走来三个男孩。

什么树呀，草呀，世界上的一切全在他眼中消失了。他不会看错，那一头黑色卷发、脸如白墙的中等个子男孩就是夏拉。毫无疑问，是夏拉。亚当慢慢运足气，准备立即行动。他应该出手！这个机会稍纵

即逝，他不能放过。首先，他得告诉奥特卡，以引起她的注意。

"奥特卡，"亚当抑制着心中的怒火说，"这是夏拉！"说着，他指了指一个中等个子的男孩。

奥特卡一受惊吓，脸色顿时煞白，但是她很快就回过神来。

"看准了就过去教训他一顿！"

"我自有主意。你盯住另外两个人。"

"这就是把你锁在防空洞里的那家伙？"

"是他，一条恶虫。"

"他在电话中威胁过你？"

"是他！"

"那就不能饶过他。"

"你躲到我身后去！"亚当低声说。

亚当由于难以抑制冲天怒气，连耳朵都嗡嗡轰响。他捏紧拳头又放开，不断变换着神色。亚当一双愤怒的眼睛直直地盯着夏拉。这恶气在我心里憋得太久了，今天一定得出！现在马上就动手！

亚当把力气都运到手臂和手指上，他那用姑父的哑铃练出来的功夫此刻该派上用场了！他在布拉格不能白受欺凌，他今天得跟夏拉干上一架，把心中聚集的恶气、不平之气一股脑儿全出了。他不能再忍了。当然，他也不是完全没有害怕，不过，畏惧的情绪只埋在他心底，没有流露到他脸上。

夏拉在离亚当五步远的地方站住了，他也直盯着亚当。亚当看出来，

他的那张白墙脸此时更白了，同他的黑卷发形成了更鲜明的对比，他的眼睛一如亚当所想象的那样：骄蛮的、挑衅的眼神。另外两个男孩站在夏拉身后。

"想要打架吗？"夏拉用嘲谑的口吻问。

"是的，跟你比试一下。"亚当这样说的时候，知道他自己该做什么准备了。

他得赢夏拉。他牙齿咬得"咯咯"响，眯缝起眼睛，通身的肌肉都极度紧张。亚当扑向了敌人。他以闪电般的速度一把抱起夏拉，一举将他摔倒在地上。亚当的头部和双腿都被夏拉捶击，只是亚当一时没有觉得疼痛就是了。让亚当不解的是，他把夏拉摔倒在地时，亚当怎么自己也摔倒在了地上。两个人，一会儿亚当在上面，一会儿夏拉在上面。这时的白墙脸夏拉迸发出前所未有的气力。他结实得像一块顽石，灵活得像一条海鳗。他一拳连一拳，暴雨一般，拳拳打在亚当身上。两个孩子"呼哧呼哧"喘着气，鞋子都甩出去了，四只光脚频频闪动在阳光下。夏拉的两个伙伴在一旁看着两个男孩摔打。这样凶劲十足的打架难得一见，所以他们不想掺和，

只想抓住时机在一旁好好观看。奥特卡像是树洞里猛钻出来的一只松鼠，在他们旁边打转，起先，她不知道该怎么去帮亚当一把，不过没多时，她就明白过来：她抓住夏拉闪出脚来的瞬间，扑下身去，"喀"，咬了一口。夏拉惊呼了一声，接着失声大叫起来。这惨叫声把亚当也吓了一大跳。两个男孩像是同时听到了一声口令——突然，打架终止了。他们慢慢地从地上爬起来，随即各走各的路。夏拉的两个伙伴追上了他。奥特卡走到了亚当身边。

"这一架，你刻进了他的骨头，永永远远，他忘不了！"

"我也永远忘不了！"亚当说。

"这事，咱们不要告诉普罗夸普。"

"让他知道干吗？"

"你疼吗？"

"好像不怎么觉得。"

"或许，你得去洗洗了？"奥特卡对亚当说。说着就走下坡去，来到了一个池塘边。

水，在亚当干了一大架以后，真是急迫需要的好东西。水让亚当新鲜了许多。亚当抖了抖衬衫，捋了捋裤子。渐渐地，他的头脑、他的心灵都平静了不少。奥特卡却不能很快平静下来，她还在想着打架的事。

32

普罗夸普住在十一层楼。他们费了老大劲儿才上到了普罗夸普居住

的楼层，来到普罗夸普家门口。他们摁了摁门铃。里面传来一个嘶哑的声音。亚当也好，奥特卡也好，对这声音都没有印象。声音没有了，孩子们等着，但是再也听不到里面的声音了。他们商量了一阵后，又摁了摁门铃。又从他们头顶的小盒子里传来一个声音，只是跟前一次相比，这次似乎动气了。最后奥特卡笑起来，应该叫一声"普罗夸普"呀。

声音不响了，又响了，又不响了。后来，听见了一阵电梯的声音，电梯门开了，普罗夸普走了出来。

"亚当！"胖乎乎的普罗夸普大声叫起来，"奥特卡！"

"你怎么不给我们开门呀？"

"我怎么知道是你们来了？你们要回答里面的问话，告诉里面，我们是亚当、奥特卡。"

"哪儿都得通报我们是谁。"亚当叹息了一声。

"我们这里比不得乡下。你们是在布拉格。"堂兄普罗夸普对他们说。说着，普罗夸普让两兄妹走进往上去的电梯。

普罗夸普、亚当和奥特卡当然都很熟。普罗夸普以前就住沃卡尼，并且老早就知道他是个能把死人吹活的大吹牛家。他常常在人家还没说完时就说"这我早知道了""这不是什么新鲜事儿了"。虽然事实不是他自己所想象的那样，但是他却从来没有停止过说他自己是班上最聪明的

一个。除此，普罗夸普还有一只长三针手表。亚当羡慕过他吗？从来没有。普罗夸普从来没有在人前平静地说起过自己的父母，像是他压根儿就没有父母。这一点亚当怎么也弄不懂，奥特卡更不明白。没有父母对他们来说是不可思议的。确实，亚当和奥特卡从来没有在普罗夸普家里看见过他的父母，每次到普罗夸普家，总是见不到他的父母，难道这就是普罗夸普从来不提起自己父母的原因？

这次，也是普罗夸普一人在家。他首先让亚当和奥特卡到窗口去看他家窗外的景象，准确地说，他家的大窗有三扇，从一扇窗口看出去，可以看到布拉格的历史纪念地白山，从第二扇窗口可以看布拉格城这一面，从第三扇窗口可以看到布拉格城的另一面。楼群一眼望不到边，却看不到人，完全看不到人。人都在他看不见的地面上。人们来来往往，行色匆匆，摩肩接踵。人都淹没在人群里。八月晃眼的明亮阳光照耀着行人，他们感觉到太阳最公平，它不会只照一些人，而不照另一些人。太阳总是照耀整个布拉格，照耀布拉格的每个角落，并且照耀到更远的地方——那里有苍绿的地平线。奥特卡仿佛觉得自己成了一只刚刚飞出窝的鸟。而亚当却问普罗夸普，夜里看布拉格，布拉格是什么样的。

"我有多少个夜晚从高处看过布拉格！"普罗夸普说（仿佛他的生活就是看布拉格的夜景）。

"你倒是说说，布拉格的夜究竟是什么样的？"

"你问的是什么样的夜晚——明亮的布拉格夜景还是黑暗的布拉格夜晚？"

"黑暗的布拉格夜晚。"

"噢，黑暗中布拉格的夜，比沃卡尼的夜还要黑。"

"你倒是说说怎么个黑法。"

"那你听我说。这里的夜黑得像一块大煤炭，天空见不到一颗星，静得人心悸，仿佛被扣在一口大锅里。似乎太阳永远不会再出来了。布拉格要是停电，一处亮光也没有，那是很叫人心惊肉跳的。这里的黑夜，比你们那里的黑夜要可怕得多了。"

"那是一定的，"亚当说，"这里的夜晚没有蝙蝠到处飞来飞去吗？"

"连狗叫都听不到一声。"

"这里没有黄鼠狼出来偷鸡吗？"

"这里连刺猬都没有一只。"

接着，亚当和奥特卡对普罗夸普说起，他们已经来布拉格有许多日子了，已经看到了很多，也感受到了很多。其中，亚当感受最深的自然是跟夏拉打的这一架，直到现在，他还在想夏拉经过这一次较量认输没有。夏拉的名字总是不时从他心头钻出来。

"夏拉？"普罗夸普非常惊讶，"你认识夏拉？"

"这么说来，你也认识夏拉？"

"怎么不认识，他是'反禁牌'别动队的头目。"

"'反禁牌'是什么意思？"奥特卡问。

"你倒是猜猜看，这'反禁牌'是什么意思？"

"这我哪能猜得出！"

"这意思是'反对各种禁止行为的警示牌'。他收集各种禁止有害行为的警示牌,比方说,人工草地上插着的'切勿踩踏草坪',他把这样的警示牌都偷偷拔出来,收藏在修道院的花园里。"

"那么,这是一个很忙碌的别动队了。"亚当寻思着,也就是说,他是看不得人们禁止有害行为喽?这样造孽的别动队,这头目还能由谁来当呢?自然只有夏拉了。

"夏拉会打架吗?"

"打架,厉害着呢!"

"你已经跟他干过了?"

"是啊,不过都是过去的事了。"普罗夸普笑着说。

"跟夏拉打架,我也是过去的事了。"亚当心里想,"不过,是不是都已经过去了——以后一定不会再有了吗?"

33

晚上,两个孩子进了文采尔伯伯的屋子。他们很喜欢去看他家里墙上那些数不清的挂钟。柔和而又响亮的钟声轮流着"咚咚当当"地响。别以为它们挂着只为看时间。到文采尔伯伯家来串门的人都不是为了得知现在是几点几分。文采尔伯伯家的钟声各响各的。各种钟轮流着敲打、轮流着响。譬如说,七点钟敲响,就会各种钟轮流相继敲响,响声一直持续四十五分钟。到八点,又是各种钟陆续响四十五分钟。这么多奇妙的钟声就为文采尔伯伯一个人鸣奏。奥特卡觉得这太可惜了,而亚当觉

得文采尔伯伯要是年轻些，四十多岁，那么她大概会来和他一起生活，并且会成为很要好的朋友。今天两个孩子来文采尔伯伯家，是想请他到他们家去，文采尔伯伯在自己家里坐了一天，这样，文采尔伯伯到他们家，和他们在一起，可以过得快活些。

然而，让他们没想到的是，文采尔伯伯谢绝了他们的邀请。

"您怎么，喜欢独自一个人吗？"奥特卡不解地问。她友善的好意，是因为她替文采尔伯伯着想：要是他不得不一个人天天在家独自枯坐，那一定是会很难受的。

"我一个人过惯了，想吃，我就吃，想睡，我就睡。其余的时间我就修钟，干活。"

"你不看钟吗？"

"我只把它们当作是一些机械装置，我十分喜欢它们，天天守护它们，愿意为它们年年月月不停地忙碌。但是，几点几分，我不需要知道。我对时间没有兴趣。"

"那么，时间在您这里就会跑得特别慢。"

"是啊，时间我是足够用了。"

"太好了，"奥特卡笑着说，"这样，我们来您这里，就不会觉得我们是在耽误您的时间，耽误您的工作了。"

"是啊，如今人们都没有时间来管孩子，只我有。可是我却没有孩子可管。"

文采尔伯伯说着，自己笑了。谁又能看出来，他这样喜欢有孩子在

自己身旁说说笑笑、跑跑跳跳呢？

"那我们怎么办？"

"就算是你们天天来看我，那总共能有多少日子啊。"

"为什么您不喜欢去我们家？"

"因为苏科娃太太不喜欢我去她家。"

"可这些日子她不在家呀。"

"就因为她不在家，我才不能去。要是她在家，我倒乐意接受你们的邀请。"

两个孩子不明白文采尔伯伯为什么会这样固执，但是要孩子来想这个问题，是想破脑子也想不明白的。奥特卡回想起来，她曾经很想去拨弄一下钟摆。她现在更想去拨弄一下了，所以她一直看着她右手的食指。而亚当的兴趣则在那种钟——它不但能指时指分，能指秒，还能显示每一天的日子。它还能让人看见日出日落，甚至还能看到月亮在什么位置。孩子们觉得文采尔伯伯简直不只是一个钟表修理匠，而是一位星象学家、一位天象学家。

34

第十天，孩子们很想睡去。但是他们总是做不到。奥特卡不时地颤动，还哆嗦；亚当则是手脚很想睡，肚子、胸脯和肩膀很想睡，可就脑袋不想睡。他总想起今天这一通打架。他犯了多大的错——干吗抬脚去踹夏拉的胸脯呀！

"我怎么觉着冷呢。"奥特卡说出她心里的感觉。

"你不是冷,是心里老惦记着文采尔伯伯。"

"你给说点儿什么吧,也许,你说着说着我就暖和起来了。"

"如果你愿意,就回想回想你、我跟叶世卡的事吧。"

"好吧,你先说。"

"这个冤家呀!他可是从不在我背后说我一句坏话的。在碰到我时,他张嘴就骂人。"

"他还盯你的梢!不过,他要拿石头砸你的时候,总是先吼一声,让你有时间躲开!"

"他打架从来明打明的,不暗中伤我。从背后,他一次也没有袭击过我,没有趁我不防备过来横扫我一脚。"

"你们一打架,两边的父亲就说你们:叶世卡被他爸爸数落,你被咱爸爸指责。"

"就是这个原因,我们总是互相记挂。"亚当说,他觉得这中间还确实有真感情哩。

叶世卡·阿利特曼是他亚当的对头,这是谁都知道的。亚当很了解叶世卡,也很理解他本性不坏,所以虽然两个男孩老打架,但亚当从来没有被暗算过,没有被偷袭过,没有被伤害过,所以亚当总是因此感念他,即使到远离沃卡尼的布拉格来,也还时不时会想起他。夏拉则迥然不同,亚当觉得对夏拉太难以理解了。亚当摸不准他的性格,不晓得他有哪些朋友。亚当甚至不知道他有没有父亲。总之,他一点儿也不了解

夏拉。夏拉心目中有尊敬和敬畏的人吗？所以，亚当觉得他在布拉格简直是防不胜防，比方说吧，对夏拉这样的人，既要防备他暗中偷袭，又要防备他滥施奸计。他隐约觉得，他在布拉格不可久留。想到这些，亚当睡不着了。他巴不得能早早回到沃卡尼去，回家去，回到父母身边去。他深深感到，在布拉格，他是个外人。

"亚当！"奥特卡叫他。

"你要说什么？"

"你知道我在想谁吗？"

"不知道。"

"我在想姑姑，姑姑到莫拉瓦去抱娃娃，是真的吗？"

"她对我们说得很清楚了呀。"

"我们也是从莫拉瓦来的吗？"

"说哪里去了！咱们从沃卡尼来的。"

"你又从哪里知道你不是从莫拉瓦来的？"

"你生出来，我记得，就像是昨天的事儿那样！"

"你记得我生出来的事，我很高兴。你生出来你也记得很清楚吗？"

"我生出来的事，我自己不可能记得的。"

"这不就是啦！"

"我从来没有想到过，我是从埃及的莫拉瓦来的。"

"一切都有可能，你看你有一头浅褐色的头发，而我没有。"

"那咱们回去问问妈妈。"

"对,"奥特卡打了个哈欠,"回到家时,去问问妈妈。"

35

早晨,天亮了好一会儿,两个孩子都还没有醒。好一阵儿,他们都还迷迷糊糊的。他们在哪里?在沃卡尼?在布拉格?要是他们在沃卡尼,那么迎接他们的一定是新鲜的空气,是亮闪闪的露珠,而要是他们在布拉格,那么他们看到的只会是阳光从窗口照进来。谁也不知道,布拉格什么时候有露珠?为了收拾床铺,他们发明了一种游戏。他们自言自语,说被褥下面有两只大乌龟,它们在被窝里呼吸。他们一边高声呼叫,一边把被褥高高抛起来,接着把它们整理、折叠得好好的。于是,两只乌龟都自由了!接着他们变成了驯兽师。瞧,他们让安乐椅复活了,变成了一头狮子;他们让地毯复活了,像鹭鸶鸟一样飞起来;他们让书架和书都复活了,瞧他们面前来了一头大象,大象非常爱读书;椅子都成了狗狗,非洲假面具变成了埃及半身像又变成了别的动物。两个孩子发现,本来就在屋子里陈放的东西,过去都没有留意过,如今都变成了动物,变成了鲜活的一样样东西。

"现在我们把一切都整理得有条有理了。"奥特卡笑起来。

"这会儿,说不定姑姑正怀抱着弗拉加从埃及飞来呢。"

"可咱们还没有玩过瘾呢,"奥特卡说话的语气里带着些遗憾,"咱们还来得及想出更多新鲜玩法来。"

亚当想呀想,想呀想,接着他拿起一把昨天找出来的钥匙,说:"先

生，我这钥匙你买不？"

"多少钱？"

"一百一十七克朗。"

"太贵了，我口袋里的钱不够一百一十七克朗。"

"好吧，那就十七克朗。"

"你也是，一把钥匙值十七克朗？"

"用它可以打开所有城堡的门。挂在城堡门上的锁都装有专门设计的弹簧，钢铁打造的，镀了镍的。"

"请原谅我说你——你没看报纸。"

"报纸真没有看，我哪有看报的时间呀？"

"报纸上写着，从今天起所有城堡的门都应该打开。开城堡的钥匙用不着了。"

"奥特卡，是真的吗？"亚当说着，无意中望了一下窗外。

喜悦从他的脸上顿即消失了。因为同时卖报纸也卖烟酒的一家小店里，他看到一个令他万分激动的一幕。一个敦实的矮个子女人猛然给了一个黑卷发男孩一记脖儿拐，接着又狠狠地捶了他一下。最后，她摔给他一大摞报纸。男孩抱起报纸就向人行道跑去。眨眼间，这个黑卷发男孩就消失在人群里，不见了。

这就不奇怪了。母亲就是用这种方式和手段来教育儿子的。而这不是一个同亚当没有关系的男孩，而是他的死对头——夏拉！

"你直盯住窗外看，看到什么了？"奥特卡问，她也走到窗口去看。

155

"没有看到什么，"亚当回答，说着他忽然开心起来。他终于略略知道一点夏拉之所以成为现在这种德行的原因了。这个夏拉，跟别的任何男孩本来也是一样的，只是说，在家里，学习的榜样就是这样粗野的女人。

36

泰莱莎把奥特卡从家里叫到过道上，告诉她，她昨天去电影院了。奥特卡怀着满心的不安朝四面看了一眼。奥特卡自从给了那人电影票后，她就觉得泰莱莎事情的前景不会好。奥特卡觉得，她给了电影票的那个人显然说不上有什么可称道的地方！最好，泰莱莎小姐的人生路上不要碰到他这样的人。可泰莱莎干吗这样钟情地爱上他呢？是什么偶然原因吗？要是电影没有什么好笑的时候，他忽然放声大笑起来，人都扭过头来看他，泰莱莎小姐会很明白那些转过头来看的人都在想什么。怎么可以在影片没有什么好笑的地方忽然这么肆无忌惮地爆笑呢？难道旁边这位小姐到电影院是为跟这样一个男人来约会吗？不，不可能。就算是他写得一手漂亮的书法，莫非她就可以嫁给这样一个男人？不，连想一想都是不值得的。

"泰莱莎小姐……"

泰莱莎小姐一脸疑问地看着奥特卡。她一头银发自如地闪着迷人的亮光。

"您没有蒙住耳朵吗？"

"起先我以为，蒙住我自己的耳朵，就听不到他的笑声了。可是后来我越蒙，越听到他的笑声。"

"忘了也不能吗？"

"整个晚上，我都想忘了这笑声，然而仍是做不到。就是做不到。我总是一直听到他的笑声。"

"那就是说，什么办法也没有啰。"奥特卡退一步说。

"没有办法。直到现在为止，我都在想，是因为我受的教育不够吗？可是比较起来，我受的教育已经很够了。奥特卡，你在听我讲吗？"

"我听着哩。"

"那么我现在怎么办呢？"泰莱莎的话音里，显然能听出她感到的深深不幸。

她看着眼前这个小女孩，应该说她连长大都还没有开始。她看着奥特卡稚嫩的脸，这样年幼的孩子应是还不会关怀他人。泰莱莎忽然意识到：我跟这样一个幼小的孩子说什么呀？我在对谁诉说我内心所受的创伤啊？随后，她说话的语调立即起了变化。

"啊呀，这是个笑话吧。他大笑，而他自己不知道笑什么。"

"咱们也一起来笑吧，在笑声中把他忘得一干二净！"泰莱莎说着，自己先笑起来，笑得连四楼都能听见。奥特卡和她一起笑，真真的大笑，笑声脆亮脆亮，像一大把银币撒落在地板上。

37

邮递员递给奥特卡一封信，信封是红蓝白三种颜色镶边的。好奇妙的信封啊！此外，这还是从一封国外，从南斯拉夫寄来的航空快信。

"这一定是咱们的爸爸妈妈寄来的。"奥特卡尖声大叫起来，邮递员对她解释说，这样的信他是很少托她代交的。

信封上写的名字是弗拉基米尔·苏克先生收。这样亚当和奥特卡就奇怪了——苏克先生还在莫拉瓦，还没回来呀。所幸的是他用不了多久就会回来了。奥特卡很喜欢邮递员让她转交这样的信件，不只一封就更好。奥特卡于是随口问邮递员，有没有泰莱莎小姐的信。看来是没有。但倒是有一个给文采尔先生的通知书。这个奥特卡也很愿意去转交。可是亚当立刻答应把通知书送到文采尔伯伯的钟表修理铺去。亚当是想顺带去跟文采尔伯伯谈谈他心里记挂的一件事，越早越快越好。

文采尔伯伯瞭了一眼通知书，就拿一个砝码将它压在一旁。那里已经压了许多信了。台灯的强光投在一个个发光的细小零件上——文采尔伯伯正在修一个自鸣钟哩。他的手边放着许许多多修理钟表用的小工具。

亚当又向文采尔伯伯问起夏拉。亚当相信文采尔伯伯能证实亚当的推测：因为夏拉的母亲是个寡妇，她靠经营烟酒小店兼售报纸以维持生计，而仅两步远的地方

就是文采尔伯伯的钟表修理店。文采尔伯伯很想尽力劝导、管住这个无所忌惮的男孩，可惜就是不能够。夏拉非常顽劣，想干什么就干什么，想怎么干就怎么干。怎么办？终于，有一次，夏拉拿一只表来让文采尔伯伯修，那是他从废品堆里捡来的。不过他说是来修表，其实是想乘机到文采尔伯伯修理店来偷那块"切勿触摸钟摆"的提示牌。他早就想要偷文采尔伯伯的这块牌子，就是找不到下手的时机！亚当张嘴大笑，他太喜欢听文采尔伯伯讲的这个故事了。钟表修理匠用讲故事的方式一层层向亚当揭示，这个男孩已经不是男孩，而是一个不折不扣的污浊厉鬼，一个从黑暗世界潜到人世来的魑魅。但是，后来亚当逐渐理解，夏拉远没有如文采尔伯伯所想象的那么一无是处、无可救药。夏拉也一样吃，一样喝，一样睡，跟任何一个男孩一样。夏拉跟其他男孩一样上学校读书，做功课，分送报纸，洗涮碗盘。他的妈妈想打他就打他。长话短说吧，夏拉也是一个寻常的男孩，虽然，确实也是，他是顽劣透顶、倔强异常，动辄想些甚至做些不可思议的事，力气特别大，手脚超常敏捷。亚当的想法和文采尔伯伯不同，他确信，夏拉是如他自己所想的这样一个夏拉。

"文采尔伯伯。"亚当说着，用祈求的眼光看着钟表修理匠。

"你要说什么？"

"您能把这块'切勿触摸钟摆'提示牌送我吗？"

"只管拿去，我已经用不着它了。"

"但是夏拉很想要，您就不愿意让他拿去。"

"因为夏拉是想从我这里把它顺手牵走，而你是我愿意奉送。"

"谢谢您！"

"我倒是还没有问你，你拿它做什么用，因为，在我看来，你拿它什么用处也没有。"

"呃，就是我想要它。"

"那好吧，既然是你自己想要它。"钟表修理匠点点头。

38

就算是闹腾的集市，也没有弗拉加到来时姑姑家这么多人，这么大声喧哗。姑姑家的住宅整个儿翻腾得底儿朝天，喜事临门的闹嚷声，四处乱扔的衣物，婴儿的啼哭声，亚当和奥特卡对这突如其来的欢闹好些时都没能习惯。

"你们在家，太好了！"姑姑喜滋滋地说，"也省得我再到广播电台去找你们了！"

"干吗还要去找我们呢？"奥特卡自信地回答。

姑姑现在又把头发散开了，去莫拉瓦梳的庄重发式不见了。显而易见，她脸上洋溢着喜悦的光彩，仿佛中了百万大奖！

"去，你们去把弗拉加看好！"姑姑给两个孩子吩咐说。

"是啊，你们去把弗拉加看好！"姑父也接着对孩子们说，他欣喜满怀，虽然一眼就可以看出，他因连续几天的劳累而疲惫得很有些困乏感了。

可两个孩子这时都看见了什么呢？新生娃整张小脸皱巴巴的，他们

觉得婴儿太小了，可他们却只能把此时的惊异藏在心里，半句都不敢说出口。

"他很好看是吗？"姑姑问。

"看见过这样好看的孩子吗？"姑父接着也问了一句。

"是啊，好看。"奥特卡又仔细看了几眼，有口无心地回答。

"是啊。"亚当连客套的话都难以说出口。

"我将很快抱到机场给大家看我们的儿子。"姑父把自己的想法说出来。

"我这就来给他换上新襁褓。"姑姑说着把原来的襁褓揭开。

一解开襁褓，原来看着很小的婴儿就更显得小了。他确实比裹着襁褓躺在那里时更小了。事实上这只是在来自沃卡尼两个孩子的眼中是这样。姑姑和姑父倒并没有发觉这一点。姑姑笨手笨脚，好不容易把婴儿手臂从原来的襁褓里拿出来。给小弗拉加翻身，再将他裹进新襁褓里，姑姑就显得更笨拙了。

“姑姑，让我来裹。我来抱他。”奥特卡说着就张开双臂，裹起了襁褓。

奥特卡几下就把襁褓裹得妥妥帖帖。奥特卡抱起新襁褓里的弗拉加，弗拉加竟不再尖声哭叫了，还微微地眨了几下小眼睛。

“奥特卡，小弗拉加像我呢！”姑姑惊叹道，“你留神仔细看，鼻子、眉毛、眼睛全像我呢。你没看出来吗？”

“我不会看。”奥特卡说。

“这就奇怪了。”亚当随奥特卡说，可他说的“这就奇怪了”，谁也没有听明白究竟是什么意思。

“我们应该让所有的朋友、所有的熟人都知道，我们有个儿子——弗拉加了。”姑父郑重其事地宣布说。

“我们不在的日子，你们都去了些什么地方？”

“我们到郊区去了一次。”

“我们去普罗夸普那里了。”

“我们还做了料理家务的游戏。”

“我们每天都有事情做。”

“我都觉得有些吃力了。”奥特卡总结说。

39

那么，亚当和奥特卡的父母从南斯拉夫寄给苏克姑父的信里，都说了些什么？那里头两个孩子的父母都嘱咐了些什么？亚当和奥特卡的父母在信里说，让他们两个马上回沃卡尼！他们即将乘飞机回到捷克。两

个孩子也一定很想我们，很想家了。他们在沃卡尼等待自己的孩子，期待他们回去同原来那样生活。亚希马也很想念他们。他们出来闯荡的日子也够多了。

"他们从哪里知道我们很想念他们呢？"奥特卡惊讶地说。

"他们是想，我们在沃卡尼有多爱他们，就像他们爱我们一样。"亚当说。

"说的是，"奥特卡沉思着说，"不过，他们也一定更想沃卡尼了，他们离开捷克到南斯拉夫去，也有许多日子了呀。"

"可，我并不像你这么想。"亚当说。

"你为什么不这样想？"奥特卡问。

"距离远不意味着想念多，距离近不等于想念少。五公里距离和几千公里距离的想念是一样的。只要有别离，就会有思念。"

"亚当，我十分高兴你懂得这么多道理。"奥特卡向亚当投以钦佩的目光，显然，她对自己的哥哥很满意。

其实亚当知道得也还很少。姑父继续念着从南斯拉夫家里来的信。信里说，亚当和奥特卡父母工作的那个叫"新花园"的地方，连日暴风骤雨，在南斯拉夫，夏天暴风雨是说来就来，只不过今年更猛烈些就是了。他们的父母睡在柔软的床铺上。可就是睡不稳当，睡不着，总是记挂着他们自己的沃卡尼。在信的最后一行说，他们的父亲在南斯拉夫耕作比赛中又赢得了第一名。

信念完了，姑父好长时间没有说话，两个孩子也一样静默着。这就

是说，安东尼·克拉尔，来自沃卡尼的拖拉机手，亚当和奥特卡的父亲，是世界上开拖拉机耕作最棒的人。

在耕作上谁也比不上他。可世界很大，大得孩子们都不能够想象。世界上从事耕作的人很多，耕作得很棒的人也就会很多。

要说世界的大，最能说明白的是姑父苏克了，因为他知道四分之一的世界，他从飞机上见到过好多好多耕田犁地的人，只是他没有仔细看过农人们耕作的技艺。现在他开始思考一个道理：耕作和耕作是不一样的——其中的优劣学问很大哩。

"请告诉我，"他对亚当说，"什么时候播种什么，一茬接一茬的又是什么？这中间有什么讲究呀？"

亚当笑了。这些他还不知道吗！他可是耕作方面世界冠军的儿子啊！

"每年都在同一块地里种庄稼、收庄稼啊。"

"这我知道。"亚当点头说。

"一畦跟一畦、一垄跟一垄，要一样宽窄，要一样平整，一样深浅，地里要看不见一根残茎和枯秸。"

"当然，这我也懂。"

"有一点儿你还没有说。"奥特卡补充说，"很要紧的一点：要知道哪里是头、哪里是尾。爸爸对这一点儿总是把握得很好，不然就会有漏耕的地儿。"

"我原以为耕田犁地没有多大学问，现在看来学问大着哩。"姑父笑

164

着说，"听你们说了以后，我发现我过去想得不对。"

"我的爸爸有自己用得顺手的犁铧。不过飞行，我想，要难得多。"

"飞行很有意思，我很爱飞行。而你们的父亲一定很爱开拖拉机，很爱犁地——从犁地中间获得很多的快乐。"苏克姑父说，他也真的就是这么想的。

"而我从弗拉加身上得到许多乐趣。"姑姑把她的想法说出来。她对耕田犁地毫无兴趣。"来，我现在喂他吃奶，然后去散步，必须早早让他看看布拉格。"

40

亚当没有多少事可做。而奥特卡则每天得推童车，让弗拉加多看看布拉格。她和姑姑带上童车到市中心广场去玩。而姑父则得在家里赶紧进修法语——科纳克里说法语，不然就不能了解那里的风土人情，没法儿跟那里的人打交道，结识那里的朋友。亚当很高兴自己终于有时间去思考那些他必须思考的问题。他想得很多。他的计划是这样：常去烟酒小店看看，看能否在那里等到夏拉出现。分把钟前，他看见夏拉的母亲在小店的门口整理货品。亚当也许得多想想，对可能发生的不测多做思想准备。说不定，他出现在夏拉面前会惹他不快，不给他好脸色看，甚至怒火冲天。但是从另一方面想，也难说，夏拉不会平白无故来跟亚当寻衅闹事，来跟亚当打架。一方面，亚当不想打架。那么他亚当的神态应该是什么样呢？无所畏惧，毫不胆怯，神态自若。是的，应该是这样

的。另一方面，他面对夏拉应该带点儿调侃的微笑。要是夏拉在小店里帮母亲做事，那么他就在一旁耐心静静地等待，等夏拉有空再和他说话。亚当最希望出现的是这样的局面：夏拉自己感觉到，他在亚当面前已无便宜可占，主动权已经落在亚当一方。文采尔伯伯送给他的提示牌今天他已经带在身边，虽然他到现在也不清楚，夏拉为什么要收集这些东西。

瞧，亚当步入了夏拉妈妈的烟酒店。这个小店里堆满了报纸，身后的货架上摆放着一条条的香烟，桌子上放着成扎的广告画。柜台后边站着夏拉。看他那模样，他俨然就是这家店的店主。亚当瞥一眼，就看到他的脸上不再有那种拒人于千里之外的神情，目光中所流露的一切也丝毫不再令人心悸，表情里也不再充溢着提防和警惕。他压根儿没想要打架。这是一眼就可以看出来的。

亚当在夏拉的小店里挑了一张明信片，照价付过钱。夏拉收起一克朗，递给亚当找补的零钱，平静如常，一点不失店主的身份。不错，他的嗓子是有些嘶哑，呼吸也不太顺畅，跟正常的亚当相比，夏拉还是能见出有一点儿不正常。夏拉显然有些不自在。既然这样，亚当又何必保持自己不必要的优越呢？一切都悄然冰释，一切都归零，一切都回归到男孩间相处的原点。深藏在亚当内心深处对夏拉的敌意顿然雪消，

即时化为乌有。

想起那块从文采尔伯伯那里讨来、装在口袋里的小牌子，亚当取出来，再念了一遍："切勿触摸钟摆"。金属制作的小牌子，白底红字，很是好看。他把牌子放在柜台上，说："瞧我给你带来了什么！"

夏拉看着小牌子，脸色霎时涨得绯红，双目露出难为情的羞怯。亚当此时看出来，夏拉还是人们常见的那种男孩。

"我不能白拿你的。"夏拉愣了一阵儿，回答，"你不是我们别动队的。"

"我带来的这块小牌子，不是要给你们，而是给你。"

"为什么你要把它给我？"夏拉还是觉得不能要。

"就因为我们两个结结实实打过一架！"

"你要是想打，咱们还可以再打一架！"夏拉的心境又平和下来。他的白墙脸已经不那么红了。

"我明天就乘火车回去了。"亚当说，"要打架，也得等我下次再来布拉格。"

"那就这样说定了。"

"那么提示牌呢？"

"它就留这儿吧。"

"那就再见了！"

"再见！"

亚当走到街上，这时，他的心境才真正平静下来，一切都感觉和顺了。奇怪，他竟自己"噗嗤"笑起来。笑出来，这是再自然不过的了。这个夏拉，

准也像是叶世卡·阿利特曼。他一定也是,要打就打上一架,真打,不过打过了也就完了。这样的打架,亚当没有权利不接招。一个不折不扣的男孩,不可能只有朋友。一个对手没有了,另一个对手又会冒出来。不过对手只应该是彼此较量的一方,彼此竞争的一方,彼此角逐的一方。只有好的对手,那么他的对手才有意义。很明显,夏拉可以成为一个好对手。

41

姑姑不希望弗拉加的第一个夜晚过得无声无息,这个隆重的夜晚得有点儿动静才好。怎么让弗拉加的到来这件大事,在大家心目中有个难忘的记忆?她决定订制一个大蛋糕,做些奶油面包。要备上茶、果汁,也还应该想到给喜欢喝酒的人准备些酒水。姑姑家一下变得大了许多!这个家庭大喜事也将给来自沃卡尼的孩子们留下难忘的记忆。不过,感觉起来,总还欠缺些什么……奥特卡认为这样的家庭大喜事不能只有家里人自己热闹,还应该让朋友们一同来分享他们的快乐和幸福。姑姑用惊奇的眼神看着奥特卡。这个奥特卡说的朋友们会是谁呢——哪些呢?在她住的这幢楼里,她几乎全不认识。同事吗?人家都住得很远,现在去请也已经来不及了。

这时,奥特卡说出了文采尔伯伯和泰莱莎小姐的名字。为什么不请他们来?这可是奥特卡和亚当的朋友,他们也应该是姑姑的朋友啊。不过,姑姑对他们全然不知,对他们什么也不了解。她只顾上班下班,没有想到应该同他们就近相知、相识,相互照顾。

　　"文采尔先生？他的钟已经把我吵够了！"姑姑紧紧皱起了眉头，"泰莱莎小姐，我个人的感觉……"

　　"为什么我们不把他们都请来？"姑父忽然说话了，"我们有这样的家庭大喜事，应该让更多的人知道——知道我们家从此多了一口人。"

　　"说得好。"姑姑最后同意了。于是，文采尔伯伯被请了来。他的胡子刮得光光的，身上的黑色西装更显出了他是个沉稳的长者。他一来就抱歉说，他的钟声太响，影响到隔壁邻居家的安宁，他说，他回去就把挂在紧临邻居墙壁上的钟都挪开……他还有其他地方可以挂。要是还吵你，那就夜间把钟统统停了……总之，不能妨碍小弗拉加睡眠。

　　"不不，您说哪儿去了！"姑姑的话音里明显能听出一种发自心底的善意和爱意，还说，奥特卡其实不了解她。"让孩子从小习惯于在有声响的环境生活，在这样的环境里长大。我们是在布拉格，而不是在乡村的哪个角落。"

　　"我们会让我们的小弗拉加热爱世界上所有的孩子，"姑父宣布说，"我们会

用清醒、淡定的头脑来培养他。"

泰莱莎小姐来了，她的一头银发像一轮明月，给姑姑家洒了一屋子的溶溶柔光。她微笑着向屋子里的每个人都说上几句话。为了逗引小弗拉加的注意，她嘴里发出"啾啾"声、"叽叽"声和"喵喵"声，这声音有一种强大的吸引力，让弗拉加的目光集中到了她的脸上。姑姑似乎看见弗拉加笑了，虽然这只不过是一种新母亲的自我安慰的幻觉。泰莱莎在人们不留意她的时候，赶忙抽空对奥特卡小声说：甭再为她的事操心了，明天晚上，她将去电影院看电影，是一个航空机械师来约她的。

"你知道航空机械师是做什么的吗？"

"哦噢，我不知道。"

"给飞机做保养工作，虽然不是开飞机的。"

"啊哈，是在飞机起飞之前，给飞机进行检查，这很重要的。"

"是啊。"泰莱莎轻松地喘了口气，拿起了一片奶油面包。

奥特卡也拿起一块奶油面包，并且用欣慰的眼光，看着当飞机机长的姑父苏克同文采尔伯伯聊得情投意合——他们举着高脚杯彼此看着，仿佛他们相识已有一百年，并且还将亲善一百年。奥特卡忽然想起，他回家的时候，在一个十字路口无意中见到了夏拉。这次偶然相遇的事她要不要告诉亚当呢？她想还是应该告诉他。她这样想着，就向亚当快快跑过去。

"亚当！"奥特卡扯了扯哥哥的衣袖说。

亚当凑过头来，疑惑地看着妹妹，因为她嘴里塞满了奶油面包片。

"我遇见夏拉了。"

"这有什么。我还面对面打交道了呢。"

"怎么样？"

"没有什么。不过他看样子已经不生气了。我以为他见到我会很生气。不料，他遇见我像是什么事儿也没有发生过似的。"亚当说，"这样不好吗？你还想怎么的？"

"我恨不能一口咬下他的鼻子来。"

"算了，这一架打过以后，我总觉得我亏欠了他。"

"亚当！"奥特卡用威胁语气说，"你已经同夏拉和好了？"

"你从哪里看出来，我还想要跟他再干一架？"

"这变化是怎么发生的，我还没弄清楚呢。"

"我现在看出来，夏拉不像我们想象的不可救药，他一样是可以期待的。"

"你从他那里能期待什么？"

"喏，就像叶世卡吧。打架归打架。打过了就完了，就干净了，就了了。"

姑姑请大家入席就座，接着她还问大家：有谁还想再请别的客人来？她一个一个问，问过文采尔伯伯，问过泰莱莎，就忘记了问奥特卡。奥特卡有点儿不高兴了。随即她就问姑姑："为什么就不问问我呢？不问问我想不想再请别的客人来？"

42

两个孩子不知道，他们该怎样度过在布拉格的最后一个夜晚。街上

亮堂堂的，一片喧闹声，天空中闪烁着繁星。明天上车前的时光他们该怎样在等待中度过？最简单的办法就是睡觉，睡到明天天亮。可梦就是不来。为了能让自己睡去，孩子们数数，数到一百，再数一百，再数一百，累是累了些，却还没有睡着。

"亚当。"奥特卡数到三百二十七时，叫了一声哥哥。

"什么？"

"你想回家吗？"

"很想。太想见到爸爸妈妈了。"

"我们要回去了，他们会为我们做些什么？"

"会一遍一遍回忆我们以前在家的情景。"

"你记得你在日记里都怎么说的？"

"不记得了。"亚当不想回忆自己的日记。

"妈妈那时说，'以前的那个亚当不在了。他像是被人换了。'你从此就在吃饭时不再理睬谁，更不同谁说话。晚餐大家也就不给你杯盘。我也就不知道，你还睡觉不睡。"

"他们不给我杯盘那个晚餐，多亏你递给我一个油煎饼。"

"因为我怕，你会饿一个晚上。"

"你记得不，有一天在广场上，妈妈在你的脖子上甩了一巴掌？在一家店铺前面？是你非要妈妈给你买汽水？"

"唔，记不得了。"

"那回，你还说'你甩我，我照样爱你'。"

"我确实爱她。"

"我也是。他们骂我的时候，我想：'嗨，也就骂几句，就不骂了。'"

"我可想回家了。"奥特卡说着，就低声啜泣起来。

"天一亮，咱们就坐上火车，回家了。"

"不能现在就走吗？"

"可以走着回去吧。"

"咱们不会迷路吗？"

"一直朝前走，一直朝前走，那样就不会迷路了。"

"就走到沃卡尼了……"

"推开篱笆墙门……"

"就进咱家院子了……"

"门槛上站着妈妈……"

两个孩子，听不见他们的说话声，就知道梦总归还是来了，甚至梦中已经看见了自己家的房子，那么他们就会你一句我一句，一直说，一直说……没完没了。他们在梦中见到了沃卡尼金红色的太阳，鸟雀在枝头上放声啁啾，木樨甜草浓烈的香气扑鼻而来，醋栗树成丛成片，一眼望不到头，鸽子一群接一群从他们头上像飘忽的彩云似的翩翩飞过，叶边多刺的悬钩子花白生生的，一串一串从枝头垂挂下来，吐放出来的气息淡幽幽，令人心神陶醉，菜园里甜瓜结满地，那阵阵香味叫人好不嘴馋，公鸡一大早就扯起高高的嗓门，唤醒还在沉睡中的农人们。两个孩子在布拉格最后做的梦，整个儿被家的温情所独占。